我在珠峰当向导

扎西次仁◎口述／摄影
李开云◎撰文

孔學堂書局

图书在版编目（CIP）数据

我在珠峰当向导 / 扎西次仁口述、摄影 ; 李开云撰文. -- 贵阳 : 孔学堂书局, 2021.4
ISBN 978-7-80770-232-0

Ⅰ. ①我… Ⅱ. ①扎… ②李… Ⅲ. ①传记文学一中国一当代 Ⅳ. ①I25

中国版本图书馆CIP数据核字（2020）第210710号

我在珠峰当向导

扎西次仁◎口述 / 摄影　李开云◎撰文

WO ZAI ZHUFENG DANG XIANGDAO

出品人：邓国超　李　筑
责任编辑：黄　艳　胡　馨
责任校队：蒋红涛　夏大飞
排版设计：云何视觉
责任印刷：张　莹

出　　品：贵州日报当代融媒体集团
出版发行：孔学堂书局
地　　址：贵阳市云岩区宝山北路372号
贵阳市花溪区孔学堂中华文化国际研修园1号楼
印　　制：北京温林源印刷有限公司
开　　本：710mm×1000mm　1/16
字　　数：178千字
印　　张：16　拉页0.5
版　　次：2021年4月第1版
印　　次：2021年4月第1次
书　　号：ISBN 978-7-80770-232-0
定　　价：78.00元

谨以此书，

向珠穆朗玛峰致敬，

向攀登者致敬，

向攀登精神致敬。

——题记

扎西次仁第 14 次登顶珠峰的留影

序
登山的意义

今年是西藏喜马拉雅登山向导学校（以下简称“西藏登山学校”）成立的第21年，从最初位于拉萨北郊西藏自治区体校一侧的6间平房起步，历经21年的风雨洗礼，学校之所以能够取得国际登山界的高度认可，离不开西藏自治区党委、人民政府和国家体育总局的支持和领导。如今，这所学校正以崭新的面貌持续为西藏登山探险事业培养人才，为西藏登山文化事业贡献力量。

这么多年来，随着国内尤其是西藏登山事业的蓬勃发展，我越来越深刻地感受到，珠穆朗玛峰（以下简称“珠峰”）不说话，但它是有生命的，人和自然的关系不是比谁更强大，而是要和谐共存。登山不仅是一份职业，也是我一生的爱好，在我看来，登山的意义不是到达顶峰，而是在攀登的过程中，学会挑战自我，学会坚持，也学会敬畏大自然。

在创办登山学校之前，登山运动在国外很普及，但在国内却并不多见。那时候，我的服务对象主要是国外登山爱好者。每次登山，高山向导、协作、营地服务，甚至包括做饭，几乎全由外国人垄断，中国人所能做的仅是牦牛运输、联系车辆、洗碗等外围工作，这使我心里很不是滋味，也萌生出改变这一现状的想法。

1999年，我创办了西藏登山学校，后改名为西藏喜马拉雅登山向导学校，就是希望培养中国自己的专业高山向导。如今，在国内的一些重大登山活动中，几乎都能见到西藏喜马拉雅登山向导学校学员的影子，扎西次仁就是其中的优秀代表之一。

西藏喜马拉雅登山向导学校培养了一批又一批优秀的学员，也推动着中国登山事业的发展。

我想我们这一代登山运动员和老一辈是不一样的。1953年人类首次登顶珠峰七年后，中国人首次登顶珠峰，当时的中国登山队是带着国家荣誉和使命感去攀登的，因为我们需要这种力量，需要他们去做这件事；而对现在的登山运动员来说，登山是我们的生活，也是我们的职业。

西藏喜马拉雅登山向导学校走过的21年，是西藏登山事业蓬勃发展的21年。21年来，西藏喜马拉雅登山向导学校已成为西藏登山事业的实践者和西藏攀岩、滑雪等新兴竞技体育项目的开拓者，更是中国登山发展史上的重要篇章。

最后，希望通过本书的讲述，能让每一位读者更加了解珠峰攀登背后的艰难与辛酸，体会到珠峰救援的惊心动魄以及珠峰环境保护的势在必行，也让大家对中国登山事业有更深的思考。

尼玛次仁

西藏喜马拉雅登山向导学校创始人、西藏自治区体育局局长

前言
山不是用来征服的

海拔 8844.43[①]米处，天光粲然。

我的脚下是地球之巅，也是万年冰川。我摘下氧气面罩，呼出来的气体立刻在嘴边、鼻头、眉毛凝成了一圈白霜，由于氧气稀薄，连吸气都变得十分困难。

放眼望去，雪峰在阳光下闪耀着点点光芒，群峰环绕，山川浩荡，日月情长。珠穆朗玛峰威武雄壮昂首屹立，形成群峰来朝、峰头汹涌、天地壮阔的场面。云海中的座座山峰，犹如漂浮在云海中的座座孤岛。天地交接之处，可见地球呈现圆形的轮廓。在这里，人的心灵也会变得跟雪山一样澄澈。

这是我第 14 次登顶珠峰。每一次登顶的情形不一样，心情也不一样。

---

① 2020 年 12 月 8 日习近平主席同尼泊尔总统班达里共同宣布的珠峰最新高程为 8848.86 米，为了书中内容连贯，本书仍采用 2005 年中国公布的珠峰高程 8844.43 米。

巍峨的珠穆朗玛峰

这一次，刚才还是晴空万里，群峰点点，转瞬间，风暴来袭，耳畔风雪咆哮，浓雾弥漫，旋风滚过的地方，翻卷起漫天的雪柱。天地之间，隐隐有冰峰碎裂如闷雷一般的声音滚过。

我最后看了一眼已弥漫在风雪中的珠峰，空气中传来印度洋季风的讯息，我知道，再过几天，连绵的雨季就要开始了。我戴上氧气面罩，组织队员开始下撤。

天完全黑了，四周朦胧一片，只有远处山峦上的积雪发出微弱的白光。阵阵刺骨的寒风不时撞击着山岩，发出凄厉的呼啸。队员们用冰镐试探着道路，沿着绳索辨别下山的方向和道路。沉重的脚步声在山谷的夜空中回荡，带有钢钉的高山靴踩击在万年冰盖上，发出清脆的咔嚓声……我们这一群攀登者的身影，渐渐隐入群峰之中……

攀登一次珠峰要两个月时间。4 月告别妻儿，5 月底或 6 月初才能回家。对于攀登者来说，珠峰只有一个季节，那就是五月中旬的攀登季。作为一名向导，我需要先到珠峰大本营帮助客户做适应性训练，这个训练过程是循序渐进的。比如今天上到海拔 5800 米，明天下到海拔 5200 米，后天再上到海拔 5800 米，大后天再上到海拔 6500 米，适应两三天，又上到 7028 米，然后再休息两三天，再下到 6500 米，再适应两三天，上到 7028 米，然后再到 7500 米，如此反复上下，以适应高海拔的气候与环境，所以需要两个月的时间。没有人能从大本营一口气冲顶珠峰。

在攀登季里，真正冲顶的时间只有一周。如果不能好好利用这一周的时间，就会前功尽弃。因此，全世界计划攀登珠峰的人都会聚集在这个窗口期（就是适合登顶珠峰的时间段），在短暂的时间里，寻找合适的冲顶机会。

沉浸在回忆里的扎西次仁

根据气象部门提供的数据表明，2019 年冲顶珠峰的窗口期特别短，一般来说冲顶珠峰的窗口期有 6 ～ 10 天，而 2019 年的窗口期只有 3 天，分别是 5 月 21、22、23 日，所有的登山队都集中在这几天去冲顶，这就造成了不可避免的“堵车”现象。

在海拔超过8000米的地区，零下20多摄氏度的气温、复杂的气候条件和无法预料的突发状况，使得生存的每一秒钟都异常艰难。这场长达3个多小时的拥堵，意味着氧气在消耗、体能在衰退，每延长一秒钟，都是对攀登者身体和意志的考验。我和队友们在从珠峰北坡下撤的途中，突然接到消息，尼泊尔境内的珠峰南坡发生了有史以来最惨烈的“堵车”事件，导致11人失去生命。我庆幸自己又一次死里逃生，心里充满了对珠峰这座圣山的崇敬与感恩。

珠穆朗玛峰的北坡在中国境内，南坡在尼泊尔境内。而我一直都在珠峰北坡做登山向导，我攀登珠峰18次，从来没有遭遇“堵车”事件，这是因为中国境内的北坡对攀登珠峰的审核更加严格：一是对于每年进山的人数严控在300人以内。二是对攀登者的个人能力有要求，必须是依次取得了6000米、7000米、8000米的登山证书后，才有资格申请攀登世界之巅——珠穆朗玛峰。这样的规定对于发生“堵车”事件有较好的预防作用。

2019年6月，刚从珠峰撤下来的扎西次仁坐在成都一处酒店的咖啡吧里，向我讲述着他在2019年攀登途中遭遇的种种惊险时，平静得像是在诉说别人的故事。

珠穆朗玛，在藏语里是大地之母的意思；扎西是吉祥、次仁是长寿的意思。

黄里带黑的皮肤，一双不大的眼睛清澈透明如一泓深泉，熠熠生辉的眼神闪露出淳朴和坚定，脸上的笑意诚挚而热烈，露出两排洁白的牙齿，面部线条棱角分明。上身穿着一件灰色的T恤，下身穿一条宽松的运动裤，手腕上戴着一块登山表。坐在城市的一角，扎西次仁完全隐去了他在万年冰川与悬崖峭壁上的灵活、勇敢和无畏。

工作中的扎西

他指了指颧骨处暗黑色的皮肤，解释说那是被高原的阳光灼伤的。他的脚也曾扭伤过，那是一次在攀登珠峰的过程中，他情不自禁地跳起锅庄舞留下的后遗症。

这个其貌不扬的藏族汉子，曾经15次成功站在世界之巅。迄今为止，他是登顶珠峰次数最多的纪录保持者。

作为一个恐高症患者，我实在无法想象，扎西次仁穿梭在险峻的珠峰上是一种怎样的经历和感受？

两年前，跟随考拉看看伙伴们一起游览泸沽湖时，我曾心血来潮，攀登过泸沽湖旁最高的山峰——格姆女神山，海拔只有3700多米。攀登之前我自信满满，认为从小在山里长大，攀登区区一座山峰不在话下。然而攀

珠峰脚下，绒布寺僧人在祈祷

登到中途的时候，我才深刻领会到了什么叫“进退两难”。刚开始，还能咬牙攀过两段陡峭的地方，到后来，想要原路退回时，才发现下山更难，于是只好硬着头皮朝上爬。相比珠峰，格姆女神山实在太矮小了，但偏偏我有恐高症，回头四顾的时候，周围陡峭的山势让人头晕目眩。后半程，我手脚并用，每走几步就歇一会，再加上听了一位心灵导师发在朋友圈的诵读语音，给了我精神上的鼓励，才最终攀登成功。

当我埋头攀上最后几级台阶时，抬头一看，一只猕猴正端坐在山顶的石头上定定地看着我。

那是我攀登过最高的山峰。我与猕猴并肩坐在石头上，喘着粗气，放眼望去，云在青天水在湖，像极了16岁那年的夏天。那时风正清，天正蓝，青春正年少。泸沽湖犹如一面巨大的碧绿色镜面，湖心船帆点点，白云与山峰倒影其中，耳畔野鸟鸣叫，山风拂来，那一刻我才领略到了什么叫心旷神怡。

扪心自问，我想在此后的人生旅途中，我不会为了领略高处的风景而去冒险了。我更喜欢坐在书房，捧读一本书，品一杯香茗，敲打着键盘，写下一些文字。

但扎西的人生不一样。

扎西次仁出生在珠峰脚下的一个小村庄。17 岁那年，一个偶然的机会，他离开家乡来到拉萨，进入西藏登山学校，从此开始接受正规的登山训练。从学校毕业之后，慢慢成长为一名合格的登山向导。

2003 年至 2006 年，他一直服务于国外的登山团队，2007 年参加了奥运火炬在珠峰的传递测试工作之后，就转而服务国内的登山爱好者。现在，他一直都在喜马拉雅山脉做向导，带客户登山；2017 年开始在秋冬季去攀登南美和北美的一些雪山。

做了多年的攀登者，如今，扎西对山有着特别的认识和感悟。他曾经 19 次攀登珠峰，失败过 4 次，这 4 次都是快到海拔 8844.43 米时撤下来的。在他看来，他的目标不是登顶，而是保障客户的安全。如果客户的身体出现不适，他就会迅速陪同下撤或救援。懂隐忍，知进退，这是一个登山向导最基本的素养。

扎西非常低调，他从不对外说曾经多少次登上过珠峰，也从不说征服

扎西次仁（左）与李开云（右）合影

过珠峰。他说，山不是用来征服的，而是需要心怀敬畏去靠近它、敬仰它。每次攀登时，他都心怀敬畏，因为他深知，在大自然面前，人类非常渺小。

当讲到珠穆朗玛峰的绝美自然景观时，扎西的眼中闪烁着热爱与崇敬的光芒，他说珠穆朗玛的一草一木都是神圣的，冰川也是神圣的。在海拔5600多米到6500多米的冰川带上，千姿百态、瑰丽罕见的冰塔林，就像一排排朝圣者，敬畏地朝拜圣山。冰川地段来到海拔6600米到7028米之间，是通往珠峰的大门，也是攀登珠穆朗玛的第一难关。在这冰雪混合地段，地形复杂多变，需要垂直攀爬高度90米的冰壁，越过无数深不可测的万丈冰裂缝，行走时积雪可深至大腿。艰难穿越后就抵达海拔7300到7790米的大风口路段，这是攀登珠峰的第二难关，攀登路线沿着珠峰的东北山脊梁上，一路寒风刺骨，风力最高可达 80 ～ 120 千米 / 小时；第三个难关就是在海拔 8500 到 8800 米之处，举世闻名的第一台阶、第二台阶、第三台阶都在这里，特别是 8600 米处的岩石横切路段，路面狭窄，只能双脚交叉行走才能通过。此时此刻站在世界之巅俯瞰世界，山、水、云都在脚下，大自然的雄浑壮美以最极致的方式呈现在眼前。

在断断续续的访谈中，这个甚至有些羞涩的藏族汉子，每每讲到动情处，他的眼眶就会蓄满泪水，他的喉头也会哽咽。行走在生死边缘的他，每踏错一步都是深渊。曾经在无数个万丈冰缝的边缘，他凝视着深渊，深渊也在凝视着他。他喜欢这样彼此凝视的时刻。每一个其貌不扬的生命，都是一座深不可测的深渊。

我笑着问他："想必一定很难吧？"

他粲然地一笑："都过来了。"

表面波澜不惊，实则已走过惊涛骇浪。

临别时，他送我一本他的摄影作品集《喜马拉雅之子》。珠穆朗玛峰是喜马拉雅山脉的主峰，在多年与山为伴的生涯中，扎西早已将自己当成了大山之子。他的灵魂，与高山融为一体。

山峰，是他梦想的出发地，也是他真正的归宿。

有光芒，但那是别人给予的赞誉；有锋芒，那是他在面对险恶征途上展露出来的坚强；有隐忍，那是他在遭遇别人的误解甚至白眼时的奋发；有慈悲，那是他在面对世间万物生灵时表露出来的温柔……

每个人的心中都有一座不可逾越的山。

每个人心中都有一个难以忘掉的人。

生命到底是什么？

这个如山一样的男子，一直在用攀登的方式，书写自己的人生。

每段人生都是独一无二的，但攀登精神值得共享。这是人类文明发展生生不息的源泉，也是我们合作写作此书的意义所在。

扎西德勒。

李开云

2020 年 7 月于重庆·麦地书院

目录

梦想的种子

站在海拔 5000 多米的玉拉邦耶山顶，周围的五彩经幡在耳畔回荡着“哔咧咧、哔咧咧”的声响，空气中弥漫着煨桑（用松柏枝等焚烧而起的烟雾，是藏族祭天地诸神的仪式）过程中松柏燃烧后产生的香气。远处是湛蓝的天空和翱翔的秃鹫；山腰上，古老寺庙红黄相间的屋顶露出小小的一角；近处的草地上，同行的人们纷纷跪拜，向着山神虔诚许愿，祈祷新的一年能够平安健康、一切顺利。许愿完毕，人们围坐一团吃着干粮，喝着青稞酒，聊着天，看着山顶的美景……

吃喝完毕，人群里不知是谁喊了一声：“跳锅庄咯！”人们纷纷从地上站起身来，手拉手跳起了热情洋溢的锅庄舞，高原上热烈的笑容洋溢在每个人的脸上……

这是我 10 岁那年和家人一同去山顶挂经幡的场景。长途跋涉后的劳累、享受美食后的喜悦、尽情跳舞后的热烈，都给我留下了深刻的印象。我也跟着大人们一起，疯狂地蹦啊、跳啊，累了的时候，就坐在一块大石头上，眺望着远处的宁金康沙雪山，第一次觉得山是那么的亲近，就像一位沉默的长者，敞开怀抱将我们一一接纳其中。

敬畏神山

在老人们的传说中，山上住着神仙。在当时的我看来，玉拉邦耶山就是一个神灵，他有着敦厚、笃定的性格，有着无穷无尽的力量，他观察着山里每个原住民的一言一行。这样想着的时候，一种对大山的热爱和崇敬之情油然而生。

山里长大的孩子

玉拉邦耶是我的家乡——西藏日喀则江孜县的一座神山，从山脚到山顶要花 4 个小时左右的时间，下山大概 3 个小时。那一次在山顶挂经幡煨桑的场景，给我留下了非常深刻的印象，也是我一生中最初的关于山的记忆。

因为出生于半农半牧民家庭，我从小就在山里长大，喜欢在山里跑，喜欢在山坡下放牛，喜欢站在高高的山顶眺望远方。那时我家附近有一座牧场，我常常跟着放牧的人一同去山里。

从小到大，我对山有着特殊的感情。在我们藏族人民的心里，是山养育了我们，所以我们对山非常敬畏。关于山的仪式也很多，比如挂经幡、煨桑、转山等，每年藏历五月十五日和六月初四都是我们传统的转山节日。

梅里雪山、冈仁波齐等著名的山峰，是所有西藏人民心目中的神山。除此之外，每个村庄也都有各自的神山。比如我们村子里，每年藏历过年时的初三，所有人都要上山去挂经幡，然后煨桑、跳锅庄舞，这是我们表达对大自然，对山神虔诚、崇拜和敬畏的一种方式。

但那时我对山的感情，仅仅来源于祖祖辈辈对山神的传说，来源于每年关于敬山的各种仪式，来源于在山中得到的乐趣。从来没有想到有一天，我的职业和人生与山有着如此紧密的联系。

心潮起伏

初中毕业后，我进入西藏自治区体育运动学校学习。

学校里有很多登山运动员，他们经常去参加登山活动，甚至包括攀登珠峰。我听说后，对他们油然而生一种敬佩。心想，要是自己有一天也能亲身登上珠峰，那就太荣幸了。

在学校的一次活动中，我认识了一位登山运动员。一有空，我就会缠着他讲一些登山的故事。在一次出发之前，我帮他整理登山所需的装备时，那些连体羽绒服、双层连体高山靴、头灯、冰镐、冰爪等各式各样的装备深深地吸引了我。

“这可不是普通的羽绒服，它外层用的都是防风防水的材质，就算在严寒下也可以保持柔软和轻便，而且鸭绒的含绒量在 90% 左右，能应对强风里 −30 ℃的低温；同时还有很多技术上的设计，比如可调节的通风帽、背带、袖口，再比如胸前、腰部和大腿至脚踝处的拉链，便于紧急情况下做应急处理，而且拉链基本都是全压胶带防水贴条的设计，在带着厚厚的手套的情况下也能保证顺利开闭；再说这个双层连体高山靴，光重量就有 1000 多克，一般的跑鞋只有 300 克，就算是普通户外登山鞋大多也就 500 ～ 800 克，一般人穿上估计走路都成问题，而且登雪山很怕冻伤，所以这高山靴的保暖性是顶级的……”

听着这位运动员的讲述，我好奇地瞪大了眼睛。

“与其说它是一双鞋，不如说是一套鞋靴组合体，外靴 + 内靴 + 腿套 + 鞋垫 + 最外层大底，哈哈……”另一位运动员打趣道。

那是我第一次了解到如此专业的攀登装备，在最为恶劣的情况下，这些顶级的装备能够保护攀登者的生命。那一次，我完完全全被那些装备吸引住了，缠着那位登山运动员带我一起去。

“别开玩笑了，那可不是闹着玩儿的。”他郑重地拒绝了我，“没有专业知识，怎么登山？”

不久，这一批登山运动员结束攀登，顺利回到学校。站在操场边，看着这些比自己大不了多少的同学们英姿飒爽的模样，我心里别提有多羡慕他们了。在学校为他们举行的庆功会上，每个队员都讲述了自己的攀登故事，我在台下听得心潮起伏。

“真想看看海拔 8000 米上面的山峰是什么样子，要是有朝一日也能有机会去从事登山运动就好了。”我心里这样想着，梦想的种子就此发芽。

打开一扇窗

改变我命运的，是一次宣讲会。

那时我还在体育学校读书。一天下午，一个身材魁梧的青年人来我们学校举行了一场招生宣传会，这个青年人，就是西藏登山学校的创始人尼玛次仁。

在宣讲会上，尼玛老师讲述了国内外登山行业的发展状况。他说：“尽管我们拥有丰富的山峰资源，但由于运作体制及传统条件的制约，我国提供的登山服务在很大程度上也只局限于收取登山注册费、联络和接待工作，高山上的商业服务基本由尼泊尔的夏尔巴人承担。

“现在我们成立西藏登山学校，就是想要改变目前中国缺少专业登山人才的现状，为我国登山事业的发展输送专业人才；就是要把生长在高山脚下的普通藏家孩子培养成山的使者，教会他们如何登山，如何带领别人去登山，并且开启他们的职业登山生涯；就是要打破高山协作一直被尼泊尔夏尔巴人持续垄断的尴尬局面。”

早期的西藏登山学校

尼玛老师的话，为我打开了一扇窗，通过这扇窗，让我看到了山外的世界。

“既然珠峰在我们西藏境内，就必须培养出我们中国自己的专业登山向导。我们和尼泊尔的夏尔巴向导不一样，我们是把登山当作一个职业来做，是专职向导，而夏尔巴人只有在攀登期才去登山，其余时间就在家里放牧。因此我们更要培养自己专业的高山向导，帮助世界各地的登山爱好者实现攀登珠峰的梦想。

“登山向导是一个无比神圣的职业。我要告诉大家的是，一旦你们决定进入学校学习，就必须坚持下来。同时，未来每年学校都会从法国引进专业的登山教练，为大家传授先进的理念和技术。各位有志成为专业登山人才的同学，在文化水平、登山技能等各方面都要不断地提升自己，我相信只要肯努力，每一个人都会成为最出色、最专业的高山向导！我们一定能让西藏的登山事业一步一步登上国际的舞台！改变喜马拉雅登山运动落后的现状！”

尼玛老师的话，深深地触动和震撼了我，在我心里第一次播下了梦想的种子。这次宣讲会让我认识到，我们每一个中国人都应该为国家做一些事情。

“西藏有那么多的山峰资源，来西藏的国际登山队伍又那么多，但是为什么给他们做服务的都是尼泊尔的夏尔巴人？难道中国就没人能帮助他们吗？”

尼玛老师的这句话在我的脑海里久久挥之不去。他的一番发言让我对登山向导这个职业萌发了向往，也第一次真正激发了我对于登山向导这一职业的热爱。对于我来说，成为一名登山向导不正是在做自己喜欢的事吗？能够得到客户的认可，并且帮助他们实现攀登珠峰的梦想，不正是人生价值和意义的一种体现吗？

也就是从那时起，我暗暗下定决心，一定要争取进入西藏登山学校，努力成为一名光荣的登山向导，改变过去中国境内无专业高山向导的局面，为国争光！

三个月考核期

由于我在体育运动学校的出色表现，当时的班主任格桑平措向尼玛次仁老师推荐了我。我抓住这个机会，向尼玛次仁老师表达了想要加入登山学校学习的意愿。

尼玛次仁老师看着我说：

“孩子，西藏登山学校向每一位有志于从事登山运动的人敞开怀抱，但最终只有各项考核优秀的人才能留下，你吃得了那个苦头吗？”

我郑重地点了点头。

从此，作为我们学校推荐的三名学生之一，我得以进入西藏登山学校学习。

我永远记得那天上午，当我站在校门外看着自己理想的学校，内心说不出的激动，我在心底告诫自己：一定要好好学习，不辜负家人和老师的厚望。

那时候，西藏登山学校刚刚成立，校舍是租来的 6 间平房，地方不大，也没有专业的场地供我们训练，但好在包吃包住。在学校负责人的带领下，我们将自己的生活用品拿到宿舍，刚放下，外面便传来了集合的号令。

所有人按照高矮顺序排队站好，听着创始人尼玛次仁老师的发言。他先是对我们的到来表示热烈欢迎，然后讲述了学校的创立背景以及学校的校规校纪。登山学校实行半军事化管理，让我印象最深刻的是“三不准”，尼玛校长讲到“三不准”时，态度严肃地说道：“要想成为一名合格的登山向导，这‘三不准’必须坚守，谁若是违反，谁就会被立即开除，学校不会再给第二次机会。”

登山学校的学员在做饭

所谓“三不准”，一是不准喝酒，因为喝酒会影响人与人之间的关系，这是对职业的不尊敬；二是不准抽烟，抽烟会影响攀登者的肺活力，作为专业的登山向导，我们接触的都是国际国内比较高端的客户，目的就是帮助他们实现登上巅峰的梦想，而抽烟会影响个人形象；三是在校学习期间，绝对不能谈恋爱。

校长坚定的语气，让我们对“三不准”规则心生忌惮。要想在登山学校顺利度过三年，这铁一般的纪律势必触碰不得。

进入学校后，我才了解到，20 世纪 90 年代初，尼玛次仁老师是登山协会的一名联络官和翻译官。在 2000 年以前，国内商业登山的人特别少，尤其是在高海拔商业登山的人就更少。那时候大部分山友都来自欧美和日本，他们需要翻译和联络。在与国际山友接触和交流的过程中，尼玛次仁老师深刻地意识到中国专业登山向导人才的匮乏。1994 年，他就萌生出想要创办登山学校的想法，希望以此改变登山向导由尼泊尔夏尔巴人垄断的局面，培养中国自己的专业登山服务人才，但因为资金、政策以及各方面的条件限制一直没有实现，直到 1999 年条件成熟才创办了西藏登山学校，并开始对外招收第一批学员。

高山领队扎西次仁

进入学校并不意味着我们都能一直待到最后，3 个月的试用期是决定我们能否留下来的关键。只有考核合格后，才能正式进入学校学习，否则只能打包回家。

我知道这次机会来之不易，抓紧一切机会刻苦训练。老师要求跑 5000 米，我自己要求跑 10000 米；老师要求做 100 个俯卧撑，我自己要求做 200 个俯卧撑……就这样，我终于迎来了 3 个月后的考核。

考核分两项进行，一项是体能测试，在平地跑 5000 米或 10000 米。因为我曾经在体校学习过三年，老师看了我的体校成绩后，对体能测试予以免考；还有一项是高海拔适应能力测试，这项能力对于攀登者而言至关重要。负责测试的老师带我们去攀登珠峰，一直到海拔 6116 米的高度，我的身体都没有出现任何异常，也没有任何的不舒服。因为很多人到了海拔5000米以上就会有不同程度的高原反应（以下简称“高反”），而我从头到尾一点反应都没有，和平时在拉萨的感觉一样。当时老师就说我的高海拔适应能力非常好。体能和适应性我都过关了，最终我得以顺利通过3个月的考核期，成功留了下来，成为西藏登山学校的第一批学员之一。

进入西藏登山学校学习是我踏进登山行业的第一步。感谢登山学校改变了我的人生，让我一步一步成长为如今的高山领队，也让我在登山中找到了自己的人生意义和价值。

专业的高山向导训练

与其他学校不同，登山学校的老师较少，只有一个体能老师、一个语文老师，英语是尼玛次仁校长亲自教授。学校没有专门的食堂，由学生轮流做饭，有时老师也会买菜跟我们一起做饭。刚开始的时候，我们只是把做饭当成一种乐趣，后来才知道，这其实是老师在培养我们高山烹饪的技能。因为在高海拔山峰之上，烹饪也是高山向导必备的技能之一。

饭菜都比较简单，早上是馒头、糌粑和酥油茶，中午是米饭和菜，晚上主要是面条之类的面食。即使条件比较艰苦，但我还是非常珍惜这来之不易的学习机会。学校不但学费全免，吃住、服装也都免费，每个月还会有生活补助，开始是100元，后来是200元。

刚进校时，每位学员都拿到了一本《登山履历》。这是一本综合性的手册，里面全是关于登山的专业知识，如对雪崩的判断、攀登路线的选择，

登上高山需要长久的训练与学习

遇到冰崩时的应急措施、搜救、伤口处理、绳索打结的方法，等等。这些都是基础知识，必须每天反复自学，直至掌握。

好记性不如烂笔头。每学期开学的时候，学校都会给我们每位学员发一个笔记本，上课时老师讲的重点知识、我们自己写的日记都要记录在笔记本上，每学期结束，原本薄薄的笔记本顿时变得厚重起来。登山向导的职责是帮助别人实现登顶巅峰的梦想，专业知识必须过硬。为了强化我们的专业知识，学校从国家登山队和西藏登山队聘请了专业的技能课老师。尼玛校长还引进了国外的先进教学理念，邀请法国登山学校教练以及国内顶级专家，共同开办了高山技能培训班。

高山技能培训班的培训时间为每年冬季 11 月和 12 月。在两个月的培训时间里，我们会学习攀登、救援、气象、环保等方面的知识。学习如何通过气云的结构、云的聚集和消散来判断天气的变化；在天气状况不好的情况下如何进行路线选择；发生突发状况如何进行医疗急救；作为一名高山向导所必须知晓的环保理念和知识。高山技能培训班的管理非常严格，我们所学的每项内容都会进行考核，只有考核全部通过的人，学校才会颁发毕业证书，不过关的就继续留下来学习，直至全部过关。

空余时间，我们还会学习高山摄影。尼玛校长是一名出色的高山摄影师，每次到山里，他都会随身携带照相机，拍摄高山上的美景。他的拍照技术特别好，拍出来的照片非常精美，每次看到他的作品，我的内心都会为之振奋，幻想着自己将来也能拿着相机，在海拔 8000 米高峰之上拍摄美景。

技术上的专业性离不开文化理论的支撑，藏语、汉语、英语、西藏历史、世界地理、喜马拉雅登山文化等都是我们每天的必修课。教授文化课的老师都是尼玛校长从西藏体育运动学校、西藏大学、西藏藏医学院（现为西藏藏医药大学）、西藏登山协会、西藏登山队请来的优秀教师。

从进入登山学校开始，我们每天都会坚持学习英语，这是尼玛校长对我们的要求。他每天来学校三四次，有时晚上 11 点，甚至凌晨 1 点都要给我们上晚自习，教我们英语。他时常教育我们：眼光一定要看得长远，我们的目标是要走向世界，走向国际，展现中国登山向导的专业性。

尼玛校长还非常注重登山文化。他邀请了一些环保专家，教授我们怎样处理荒地垃圾，如何对环境进行保护。他说，在山上除了脚印之外，什么东西都不能留下。这是身为一名登山向导必备的职业教养。

成长与蜕变

三年的时光虽过得很快，却也很充实。在这三年里，我们每天 7 点晨练，上午上文化课，下午上技能课，晚上上晚自习、学英语，对每一位学员来说，都是累并快乐着。在登山学校的学习，无疑为我之后成为一名合格的登山向导打下了坚实的基础。

我们是第一届学员，学校对我们很重视。毕业那天，学校为我们举办了隆重的毕业典礼，我们都穿着统一的服装聚集在操场上，相互之间说笑打闹，舞台音响播放的音乐在操场的上方萦绕回荡。每个人的脸上都洋溢着灿烂的笑容，就连空气中都带着阳光和幸福的味道。

毕业典礼开始，尼玛校长上台讲话。他的声音与以往一样，依旧是那么铿锵有力，他说道："三年时光一晃而过，转眼你们就要开始新的征程。在这三年里，我看到了你们的努力和付出，我相信经过三年系统的学习，现在的你们专业技能是过硬的，文化水平也是过硬的，你们已经可以出去打仗了。但是有一点，我需要强调，专业技能和文化只是作为一名合格登山向导必须具备的基本条件，更重要的是你们的人品……"

舞台下方原本活跃的气氛，因为这一句话，顿时变得安静起来，看着队伍里缺少的一个空位，我们每个人都陷入了沉思。

这个空位是给我们以前的一位同学保留的。他曾经是我们班评分最好、成绩也是最好的同学，学校老师都很看好他，因为违反"三不准"规则——吸烟被校长立即开除。他与班上的同学感情极好，临走时我们答应过他，毕业典礼的时候，我们会把他的位子保留着。

看着这个空座，听着校长的讲话，我深刻地意识到，人品是一个人立足于社会的根本，这是我们身为一名高山向导应该牢记的教导。

回首过去，我已没有了三年前的年轻气盛，取而代之的是训练有素的成熟。三年的学习生涯，苦痛与快乐并存，沿途总会有不少人选择退出，而我选择坚持到底。

团结协作，是我在学校学到的另一项本领，这是书本上没有的知识，但却是尼玛校长的谆谆教导。尼玛校长曾经不止一次地对我们说，在高山上，队员就是家人，是生命的共同体，一荣俱荣，一损俱损。我们队员之间没有你争我抢、见死不救之说，不管什么时候，互帮互助是我们攀登者的使命。它使我明白，无论面对任何困难，我们共进退，共荣辱。

10 岁那年爬上海拔 5000 多米的玉拉邦耶峰，是我人生中关于山的最初的记忆；在西藏登山学校的学习经历，改变了我人生命运的走向。

登山
小常识

转山仪式

转山是藏族人表示虔诚的一种方式，朝拜神山是信仰藏传佛教的少数民族对自然崇拜的具体表现。步行甚至一路磕头，围着圣山，转一圈或多圈。

信徒们之所以如此虔诚，是因为他们相信人要承受六道轮回之苦。只有两个办法可以免除，其一修成活佛，这很困难，另外的办法就是转山。他们相信绕神山转可以洗清一生罪孽，可以在轮回中免遭堕入无间地狱，甚至脱离六道轮回来世成佛。如果在转山中死去，被认为是一种造化。因此转山朝圣者总是年年不断。

2003 年
第一次成功登顶珠峰

2003 年，我作为一名高山协作员第一次攀登珠峰。当时我和几个队员负责协助向导运送物资和制定攀登计划，并且在险要路段铺设路绳以辅助队员上下和运输物资需要。

那是我第一次有机会攀登珠峰，心里充满了期待和向往，我想："之前在学校参加过那么多次登山训练，这次终于可以实现一直以来的梦想——攀登珠穆朗玛峰。"

我信心十足，觉得一定可以出色地完成任务。在学校，我的表现就比较突出，所以这次也一定能有出类拔萃的表现。

在初期攀登过程中，我不顾身体的不适，一味地追求速度。然而，我当时的想法太过单纯，也低估了攀登珠峰的难度，第一次攀登珠峰的兴奋和强烈的好胜心反而起了反作用。

随着海拔越来越高，我开始出现高反，再加上前期体力消耗过大，攀登到海拔 6700 米的时候，只觉得身体越来越无力。看着后面的队员慢慢地超越了自己，我更加提不起劲了。那段路在当时的我看来极其漫长，踩着冰

珠峰大本营的厨房

爪、踮着脚尖，站在海拔 6700 米左右的冰山上，我只想躺下来。

“走不动了，我真的走不动了。但是这里根本没有可以休息的地方。要不我放弃吧……”在理想与现实的纠结中，我不停地与自己做着思想斗争。

我深刻体会到在空气稀薄的高海拔山地上，克服自身重力和装备的重量，在极寒天气和时速近百千米的风速中前行上攀，是一种多么考验人的工作。每个人都极其缓慢地行进着，因为每跨出一步都要消耗大量的体能。

事实证明，不论是从心理准备方面，还是在雪山攀登的经验上，我都有些盲目自信，没有充分估计到难度，高海拔徒步时的节奏和体力分配也掌握得不好。

海拔 5200 米的珠峰大本营

海拔 5800 米的过渡营地

很快，当队伍行进到海拔 6800 多米的时候，我掉在了队伍的最后面，成了最慢的那个人。

我们的领队是夏尔巴人普巴扎西，夏尔巴是号称全世界无氧登珠峰成功人数最多的民族。由于长期生活在高原，夏尔巴人血红蛋白数值极高，是内陆人群的三倍左右。

看着他们生龙活虎的样子，一种前所未有的挫败感袭来。我打算听天由命："最后一个就最后一个吧，我实在没力气了。"

这时，走在前面的一位夏尔巴向导回头看了我一眼，然后对他的夏尔巴人同伴说道："在高海拔地区，藏族人的能力真的比不上夏尔巴人……"

行进途中

这句话像一盆冷水，浇醒了急于求成的我；又像是一把尖刀，刺开了我好胜的内心。也许对方只是一句无心之言，但在我听来，却是那么的振聋发聩。我暗暗发誓，一定要改变夏尔巴人这种根深蒂固的看法。

我深吸一口气，调整好呼吸和心态，不再像刚开始那样急躁，而是沉下心来，脚踏实地，一步一步向上攀登。

我渐渐开始明白，在攀登过程中，心态永远是最重要的。攀登珠峰无异于一次长跑，任何急于求成的想法都是错误的，它需要适当的休息和分阶段做适应性攀登。

经过适度的休息和调整，我逐渐找到了身体和力量的平衡点，在后来

海拔 6500 米的前进营地

的物资运送中，我往来海拔 7028 米 25 次、海拔 7500 米 10 次、海拔 7790 米 8 次、海拔 8400 米 6 次。

调整好自己的心态后，到攀登的后期，我超过了一个又一个队员，成为走在队伍最前面的那个人。我的实力，也赢得了队友们的尊重。

当队伍从海拔 7900 米的大风口营地出发不久，在离海拔 8300 米的突击营地不到 100 米的地方，突然，一位夏尔巴向导身体出现轻度失温，同时肠胃也出现了不适，再加上那一次天气也不是特别好，从凌晨开始便一直刮着风雪，在这样的情况下，这位向导希望继续坚持攀登。

此时队伍面临着两个选择：一是同意他坚持攀登，因为顶峰就在眼前，

上　海拔 7028 米的北坳营地
下　海拔 7790 米的大风口营地

海拔 8300 米的突击营地

只要再坚持一下也许就可以取得成功，而且他告诉我们说，他尝试冲顶应该可以活着回来，不会出什么大的问题；二是安排队员护送他下山，因为一旦出现任何风险，就意味着整个攀登队伍要动用大部分的力量去救援，这样一来，客户的冲顶也将因为他而受到影响。在生命面前，没人敢冒险。

最终，为了整个队伍的大局考虑，那位夏尔巴向导选择了放弃。

接着，夏尔巴领队普巴扎西便安排队员护送他下山，然后用对讲机联系前进营地总指挥罗萨尔，讨论新的替代向导人选，最后一致认为我是所有高山协作队员中体能最好、最能吃苦耐劳的，就让我顶替夏尔巴向导登顶珠峰。

临危受命，我不敢有丝毫的懈怠。

我带领的客户是一名英国登山者，在海拔 8300 米突击营地，队员们需要一个接一个地攀越高差 400 米的冰川陡壁，稍有不慎就会葬身冰缝之中，我在旁边不停地提醒队员注意观察脚下的情况。

在海拔 8300 米的突击营地吸氧

在海拔 8500 米以上的山坡，队员们要抵御强风雪的侵袭，闯过大风口，我提醒他们尽量弯低身子以减少阻力。

返回海拔 8400 米突击营地的第一个晚上，我失眠了。那是我生平第一次在海拔如此高的地方睡觉，我开始反思这次行动过程中的得失。它使我明白，高海拔攀登是一项极其危险的运动，需要有清醒的头脑、全面的登山技能、合适的身体条件、丰富的经验以及临危不乱的判断力。尽管目前为止一切都比较顺利，但是最终我们能否全员顺利登顶珠峰，还是一个未知数。

第二天凌晨，队伍在寒风中继续出发，周围一片漆黑，只有头灯照亮前面的路。

世界之巅——珠穆朗玛峰

上　珠峰第一台阶
下　珠峰第三台阶

从海拔 8300 米突击营地到顶峰 8844.43 米，基本全程架设有路线绳。队员们沿着绳结，顺着队伍，依次向前，最终顺利地通过了海拔 8550 米的第一台阶。

第二台阶位于海拔 8650 米左右，那里几乎是个垂直的陡坡，需要借助梯子才能攀登，难度非常大。这也是攀登珠峰最大的难点，行进到这个路段的时候，只要有一个人速度慢了，就会造成“塞车”。

夜色凝重，在气温零下 30 多摄氏度的高海拔地区，一旦“塞车”，不只是氧气的损耗，队员的体能和精力也会受到很大的影响。我们抓紧时间，克服重重困难，终于越过了第二台阶。

当我们好不容易来到海拔 8700 米左右的第三台阶时，每个人的体力已消耗过大。这时候，人的精神力量就显得特别重要。我鼓励大家，顶峰离我们只有不到 100 多米了，只要加把劲，就能成功冲顶。

终于，在通过海拔 8800 米处的横切后，队伍成功到达珠穆朗玛峰的峰顶——8844.43 米。

站在世界之巅，那天的珠峰全是厚厚的云层，远处的雪山在云层中只露出顶部的一角，我觉得自己仿佛是西游记中的孙悟空到了天宫一样。登顶的那一刻，我百感交集，沉浸在巨大的感动之中。

在珠峰顶上，我向着圣山虔诚地磕了三个头：第一，感谢圣山接纳了我；第二，感谢学校和校友一直以来对我的帮助和扶持；第三，感谢攀登路上的队友们，是大家互相鼓励、互相帮助才得以顺利登顶。

垂直攀登

这是我第一次登顶珠峰，它开创了我生命中的美好时代。在那之后，我几乎每年都会带客户去攀登珠峰，但每一次都有不同的感悟和体会。从1999到2020年已经整整21年，在这21年里，我从登山学校的一名普通学员，到高山协作、高级向导，到成长为一名高山领队，一步一个脚印，帮助每一个怀揣着登山梦想远道而来的客人实现他们的夙愿。

如今的我，是圣山探险公司的一名高山领队，同时还担任高山救援队队长，很多客户报名来登山时都指名要我做他们的登山向导。能够得到客户的认可，并且帮助他们实现攀登珠峰的梦想，这让我找到了人生的价值和意义，也让我更加坚定地在这条路上继续走下去。

高山向导不是一份容易的工作，想要成为一名合格的高山向导，需要不断保持攀登的热情，需要有一颗对大自然的敬畏之心。如果只是将攀登作为养家糊口的工作，那么这份工作就失去了它本来的魅力，也很难坚持下去。

现在，我非常享受和热爱自己的工作，正是攀登让我找到了人生的意义。

登山
小常识

高山向导的成长历程

阶段	需要花费的时间
学员—实习	3 年
实习—高山协作	2 年
高山协作—初级向导	2 年
初级向导—高级向导	2 年
高级向导—领队	2 年
领队—总指挥	4 年
总计	15 年

2004年
坚持到底的独臂攀登者

“非常抱歉，耽误你们登顶了……”

2004年5月26日，我和另一名夏尔巴高山向导格桑，带着一名独臂登山客户——来自澳大利亚的保罗·霍基，在从海拔8400米向海拔8844.43米冲顶的过程中，好不容易冲到海拔8600米，离最后的冲顶只剩200多米时，保罗·霍基因身体不适，提出下撤。

只需攀上剩下的这200多米，就可以多增添一次登顶记录。登顶珠峰，这是多少登山者梦寐以求的事情。而这最后的200多米距离，对于当时的我和格桑来说，完全不在话下。

胜利触手可及，此时客户却提出回撤。是丢下客户独自上顶增加一项荣誉，还是遵照客户的意愿下撤？后来，不少人问我：你当时是怎么想的？

为创造纪录而来

2004年，当喜马拉雅国际登山队再次来攀登珠峰时，我对这支队伍并

海拔 8300 米的突击营地，生命禁区

不陌生。就在 2003 年，这支登山队前来攀登珠峰时，我就是他们的向导之一，而且也造就了我人生中第一次登顶珠峰的难忘记录。

但这一次，与去年的情形有所不同。

第一个不同点，是这支队伍指定要圣山登山公司、指定让我担任此次登山向导。这支队伍的负责人说，在去年的攀登过程中，我专业的攀登技术、勇敢诚实的精神品质，给这支走遍世界的登山队留下了深刻的印象。

第二个不同点，是这支队伍里出现了一个独臂登山队员。这名叫保罗·霍基的登山队员，曾经在 2003 年 9 月成功挑战海拔 8206 米的卓奥友峰。这次来攀登珠峰，就是希望能够创造“世界首个独臂从北坡登顶珠峰的人”的纪录。

2003 年，当一位坐着轮椅的美国登山队员出现在尼泊尔境内的珠峰南侧大本营时，引起了全世界登山界的震惊。在这次登山过程中，失去了一条左臂的美国登山队员加里·古勒尔成为世界上第一位登顶珠峰的独臂人。

先机已被他人抢占，“世界首个独臂登顶珠峰”的人只有一个，同样只剩一条手臂的保罗·霍基，突然灵机一动，决定从珠峰北坡登顶，希望能够创造“世界首个独臂从北坡登顶珠峰”的纪录。

在珠峰的南侧和北侧各有一条传统的登顶路线。位于尼泊尔境内的南侧传统路线是从西侧西库姆冰斗转东南山脊，是最容易上山的路，而位于中国境内的北侧传统登顶路线则是人类探索次数最多的路线。

正是在这样的情况下，独臂攀登者保罗·霍基出现在了 2004 年从北坡攀登珠峰的队伍中。

考虑到自身的实际情况，保罗·霍基给出了双倍的价格，并向登山公司提出要求：“请给我配备两名最好的向导。”

攀登者的手臂

接到客户的需求，团队总指挥罗萨尔决定由我和格桑担任保罗·霍基的高山向导。

格桑是夏尔巴人，他的父亲阿旺热塔（外号“雪豹”）是国际上 10 次无氧

上　攀登冰壁

下　全体队员进攻 8844.43 米，他们夜里行军争取早日抵达目标

海拔 8650 米的第二台阶

登顶珠峰的纪录保持者，至今无人打破，在喜马拉雅登山腹地享有盛名。阿旺热塔希望儿子也像他一样做一名出色的攀登者，这也是保罗选择格桑做向导的重要原因。

当这位独臂攀登者出现在队伍中时，引起了所有藏族高山向导们的关注。这倒不是因为我们第一次接触残障人士，而是因为我们都在思考这样一个现实的问题：一只手，如何通过珠峰的三个台阶？

要想从北坡登顶珠峰，必须经历三个台阶：

珠峰北坡第一台阶位于海拔约 8550 米附近。接近珠峰东北山脊线上，位于珠峰黄色岩石飘带的顶部，由几块突兀的巨大岩石组成。台阶面是巨大的岩石壁，必须依靠岩石的缝隙作为支撑，使用上升器和冰爪等工具完成向上攀登。

珠峰第二台阶位于海拔 8650 米处，其中一段近乎直立、高 6 ～ 8 米的峭壁立在通往山顶的唯一线路上，这是通往珠峰顶峰的一道门槛。实际上整个第二台阶攀登的高差在 20 多米，分三个段。每一段都架设有一段金属梯子，共有三段金属梯子。

攀登大冰壁

第三台阶是珠峰北坡三个台阶里海拔最高的一个台阶，位于珠峰海拔约 8700 米附近。从珠峰顶峰下来，下了 8800 米的横切，沿着山脊下一个 100 米长的雪坡，再在布满岩石的山脊上爬过几块大的岩石，就到达了“第三台阶”。“第三台阶”是一处由几块突兀的巨大岩石组成的峭壁。在峭壁上，岩石之间的缝隙形成了规则不一的凹槽，攀登的线路就选择在岩石缝的凹槽部位。从岩石悬崖凹槽的顶部下到悬崖的底部，高差约 9 米，从而形成了一个落差的台阶，台阶在 6 ～ 7 米的位置是几块接近 90° 的巨大岩石。

很显然，在登顶珠峰的过程中，独臂攀登者保罗·霍基必须借助经验丰富的向导，才能实现自己的夙愿。

我深知，向导就是保罗·霍基的另一条手臂。

生死悬梯

接到这个艰巨的任务，我的心里没底。虽然这不是我第一次当向导，但给残障人士当向导还是第一次。尽管有我和格桑两名向导协助保罗攀登，但一点也不比一对一轻松。

5月26日一大早，天还没亮，雪山还笼罩在夜幕中，看不见轮廓，队伍就从海拔8300米处的营地出发了。道路和漆黑的远方连成一片，头灯只能照见脚下一米左右的地方。远方的峭壁上，闪烁着微弱的点点灯光，连成一条细长的线。

刚开始出发的时候，我和格桑带着保罗走在队伍的最前面。每个人都在努力地向上攀爬，越往上走，空气越稀薄，即使是再强壮的队员，速度也变得越来越慢。四周很安静，只能听见呼吸声和脚步声。

在行进的时候，我们这个特殊的三人小组采取了早就制定好的攀登方案：我在前面拉，格桑在后面推，保罗在中间走。

终于，奋战了3个多小时后，曙光微明，第一缕朝阳就要从珠峰顶上升起，我们这支早已落在队伍最后面的三人小队，来到了著名的珠峰第二台阶。

黑夜中的珠峰

这段近乎直立、高达 6 ～ 8 米的峭壁，是通往山顶唯一的通道。这段高差在 20 多米的悬崖，实际上又被分成三段，每一段都架设有金属梯子，这是中国登山队于 1975 年攀登珠峰在通过第二台阶的岩壁时架起来的金属梯，它记录了中国人再次从北坡登顶珠峰的历史，也被登山界亲切地称为“中国梯”。

要想从北坡登顶，难度就在海拔 8500 至 8844 米之间的区域。当我们一行来到海拔 8650 米左右的第二台阶时，山体的垂直度都在 70° ～ 80° 之间，每前进一步都显得异常艰难。

此时，保罗喘着粗气，脚下的步伐越来越沉重。面前是一道 2 米多高的峭壁，在 80° 的山体上，每个人的背影都显得异常高大。

“保罗，加把油，过了这一段，前面就是横切，就简单多了！”我一边使劲地提拉着绳子，一边为保罗加油。

我发现保罗没有动，他试着想要迈出腿去，但偏偏腿不听使唤，而且他的膝盖剧烈地抖动起来。

耳畔除了呼啸而过的山风，就是沉重的喘息声。在这个与世隔绝的地方，每个攀登者都感受到了人类的渺小和无力。这里的含氧量只有平原地区的四分之一，尽管背负着氧气，但每一次呼吸都显得异常沉重，心脏仿佛也要跳出胸膛。

我回头望去，发现保罗的精神萎靡不振，一种不祥的预感涌上我的心头。

格桑在下面将保罗使劲朝上托举着。

“保罗，胜利在望，来，我们再试一次！”我在前面不由得喊了起来。

我的呼喊，迫使他努力地睁开眼睛。

来自珠峰顶部的曙光打在渐渐清晰的峭壁上，世界一片光明。已经精疲力竭的保罗，从我的话里得到了力量，他奋力挣扎着身躯，一步一步朝上挪动。

在这段位于 8600 米的海拔、高约 50 米的悬崖峭壁上，我们用了半个小

珠峰迎来曙光

时，才缓慢地上升了 10 米。按照这个进度，剩下的五分之四的高度，至少还需要两个小时。而一个健康的高山向导，攀登完这段距离只需要五分钟。

就在我埋头使劲朝上攀登的时候，突然感觉到了异样。任凭我怎么拉动着绳子，后面的人纹丝不动。我一手抓住金属梯的横梁，一手死死地拽着登山绳，头也不回地喊道："格桑，加把油啊——"

话音未落，突然，我就感到一股猛烈的力量将自己向下拖去。

我回头一看，才发现保罗的一条独臂竟然离开了登山绳，整个庞大的身躯已经悬挂在金属梯外，正拖拽着我和格桑偏离金属梯，向下滑去。

登山绳，是高山攀登的生命绳。

金属梯外，就是不可立足的陡峭悬崖，悬崖之下，就是万年冰川，深不见底。

那一刻，我和格桑的心都提到了嗓子眼。

最近的队友，已经在半个小时前就攀登过了第二台阶，眼下，呼叫救援已经无济于事。生死边缘，命悬一线，唯有自救。

保障客户的安全是向导的天职

我死死地拉着绳子，脚用力地蹬着金属梯，将登山靴牢牢地固定住，确保自身不会打滑。要想营救别人，首先得保障自身有营救别人的能力。

“哪怕腿骨折，也要顶住！”我在心里说。

“格桑，抓紧了！”我在上面高声喊道，“快抓住他！”

格桑也被这突如其来的变故惊呆了，当保罗的身躯下坠的那一瞬间，他本能地伸出一只手臂，抓住了保罗的登山服，这才阻止了他继续下滑的趋势。

格桑在后面朝我喊道：“扎西，快，拉他上去！”

在金属梯上，三人总算稳住阵型。好在保罗很快就清醒过来，他睁开眼睛，看了看我，说道：“扎西，我们下去吧。”

眼看成功在望，如果就这样放弃，难免有些可惜，我于是鼓励道：“再坚持一下吧，现在风渐渐地小了，过了这一段，前面就会好一些。”

保罗摇了摇头：“我今年训练不够，手太酸了，身体也不舒服……我不可能上去了……”

我看了看保罗，点了点头：“你放心，只要有我们在，就会保证你的安全。既然你坚持下撤，我们就回去吧！”

在格桑的配合下，我从上面拉着绳索，三人一步一步从金属梯上下撤到第二台阶底部。

脚终于踩在了坚硬的岩壁上，我们这才松了一口气。

而此时，由于体能消耗减轻，保罗的体能正在逐步恢复。没想到的是，就在此时，保罗却拦住了下撤的我们。他伸出一条仅有的手臂，指了指金属梯的方向，说道：“你们上去吧，我在这等你们。”

我惊讶地瞪大了眼睛：“你的意思是……让我们把你一个人留在这里？”

保罗点了点头：“我不能登顶了，但你们完全可以。”

保罗的话没错，剩下的几百米距离，对于我和格桑来说，是完全有希望登顶的。对于普通人来说，登顶一次珠峰是他们梦寐以求的人生目标，而现在，目标近在咫尺，或许在保罗看来，像我和格桑这样身体健康、体能良好的向导，怎能轻易放过？

我知道，保罗误会了。

我和格桑摇了摇头。我说："保障你的安全是我们向导的责任，我们怎么能丢下你不管？要上一起上，要撤一起撤，走吧！"

透过风镜，我发现保罗的眼眶湿润了，他握住我的手，愧疚而感动地说道："非常抱歉，耽误你们登顶了……"

我没有丝毫犹豫地说道："作为向导，我们的职责就是保证你的安全，至于我们能不能登顶，并不是那么重要。"

接着，保罗通过对讲机呼叫在海拔 7028 米营地的现场登山指挥罗萨尔："指挥，我是保罗，现因体力不支，决定放弃此次登山，下次再来，完毕。"

罗萨尔在对讲机里回答道："安全第一，同意明年再来，完毕。"

格桑给保罗喝了热水，我给保罗拿出了能量棒，稍事休整，我们三人继续下撤。

天黑时分，三人小组回撤到海拔 8300 米的突击营地时，保罗的体能已消耗一空。在突击营地经过两个小时的休息和能量补充，当天晚上，我和格桑陪着保罗回撤到海拔 6500 米营地。

最好的关系

人与人之间最好的关系，是促进彼此成长。保罗此前也是一名向导，在失去一条手臂后，毅然重返登山战场。这样的情景，也使得我不禁问自己：如果有一天，自己遭遇了像保罗那样的情况，是否还有勇气重返登山战场？而作为一名向导，我和格桑将客户生命安全放在第一位的做法，也使保罗深受感动。在生死相依的崇山峻岭间，还有什么比这份恪尽职守更让人感动的呢？

虽然这次登顶失败了，但在我的眼里，攀登不应以登顶为目标。作为一名向导，没有什么比保障客户的生命安全更重要的了。

就在这次攀登后第二年，新华社发布了一则新闻：

> 新华社堪培拉2005年6月8日电　据澳大利亚媒体报道，一位独臂的澳大利亚登山者登上了珠穆朗玛峰顶峰。澳大利亚广播公司报道说，来自昆士兰州的保罗・霍基7日冲顶成功，此前他在珠峰营地待了好几个星期。39岁的霍基告诉澳大利亚广播公司，他是从北坡登顶的，在登顶的过程中差点送了命。不过，他并没有透露详细的情形。去年霍基曾经到达离珠峰峰顶只有200米的地方，但最终冲顶失败。

看到这则新闻，我的心里涌起了对保罗的敬意，他终于成功了。

珠穆朗玛峰攀登线路（组图）

登山
小常识

攀登珠峰的 16 条登山线

1. 东南山路线，由新西兰登山家埃德蒙·希拉里与尼泊尔向导丹增•诺尔盖于 1953 年 5 月 29 日首登。

2. 东北山脊路线，由中国队王富洲、贡布、屈银华于 1960 年 5 月 25 日登顶。

3. 西山脊转北壁路线，由美国队于 1963 年 5 月 22 日登顶。

4. 西南壁路线，由英国队于 1975 年 9 月 24 日登顶。

5. 西北脊路线，由前南斯拉夫队于 1979 年 5 月 13 日登顶。

6. 北壁直上路线，由日本队首创，于 1980 年 5 月 10 日登顶。

7. 南面柱状山脊路线，由波兰队于 1980 年 5 月 19 日登顶。

8. 东北山脊转北壁路线，由意大利队于 1980 年 8 月 20 日无

氧单人登顶。

9. 西南柱转大中央沟转西南壁脊路线，由苏联队 11 名队员于 1982 年 5 月 4 日登顶。

10. 东壁转北壁路线，由美国旧金山队于 1983 年 10 月 8 日登顶。

11. 北壁转北峡谷路线，由澳大利亚队开创，于 1984 年 10 月 3 日无氧登顶。

12. 西肩部转峡谷路线，由加拿大人（女）于 1986 年 5 月 20 日登顶。

13. 东壁—南坳—东南山脊路线，由美国新西兰国际登山队于 1988 年 5 月 12 日登顶。

14. 东北山脊全程路线，由日本开创并于 1995 年 5 月 11 日登顶。

15. 北—北东山谷路线，由俄罗斯队完成于 1996 年 5 月 20 日登顶。

16. 珠峰北壁中央线，由俄罗斯于 2004 年 5 月 30 日上午 10 点登顶。

2005年
无氧登顶，虽败犹荣

2005年5月25日凌晨四点，珠穆朗玛峰，海拔8550米处。

天地一片漆黑，只有头灯发出的亮光照着脚下很小的一片地方，地上是厚厚的积雪，发出耀眼的光芒。远处的山峰一派静穆，大地还在沉睡中，只有脚步踩在积雪上的咔嚓声和急促的喘气声，在漆黑的夜里清晰可闻。在夜里攀登有一个好处，就是看不见脚下的万丈悬崖。

我和马克一前一后地走着，同行的队员陆陆续续从我们旁边擦肩而过，向黑暗深处进发。他们头灯的亮光变得越来越微弱，直至被黑暗吞没。

世界只剩下我和马克。

就在我朝前聚精会神走去的时候，突然感觉身旁被拉了一把，回头一看，头灯照着马克捂得严严实实的风雪镜和面巾，他低垂着头，一只手死死地抓住我的登山服，另外一只手紧紧地捂住胸口，弯着腰，张着嘴，不停地喘着气。

我停下脚步，担忧地看着他。

去往珠峰峰顶的路

海拔 7790 米的珠峰二号营地

我知道，这对于马克来说，太难了。

到现在为止，除了极少的专业登山向导外，登山爱好者还没有创下过从北坡无氧登顶珠峰的纪录。

而马克此次就是为创造纪录而来。

海拔 8000 米以上，是人类无氧活动的生命禁区。就在七个小时前，也就是昨天晚上 9 点钟，马克向这个禁区跨出了第一步。太阳刚开始下山，我和马克在海拔 7790 米的珠峰二号营地经过短暂的休息后，便开始了这次创纪录的登山之旅。在黑夜里，我和马克相互搀扶，每走一步都要付出很大的努力。

5 月 23 日，我们从海拔 6500 米处的前进营地开始出发，马克没有携带

上　北坳大冰壁
下　珠穆朗玛峰旗云

任何氧气设备。一路上，脚下覆盖着万年结成的冰川，我们先是穿过北坳冰壁下面长达一千米的狭长谷地，然后艰难越过海拔 7028 米处的一条非常狭窄的冰雪坳地，终于到达海拔 8300 米的珠峰突击营地。

比我们先一步到达的其他队员大多是陆陆续续出发去冲顶海拔 8844.43 米的，我们抵达突击营地时，有些队员已经出发了，有些还在穿装备，有些还在吃饭。我们到了以后先进行短暂的休息，吃了点干粮和巧克力，喝了点水，差不多半个小时之后，我和马克开始继续往上走，直到突破海拔 8500 米。

3 个多月前，马克骑着自行车从丹麦出发，历时整整一百天，于 4 月中旬到达海拔 5200 米的珠峰大本营。

28 岁的他身体强壮，体能非常好，我们都叫他“赛尔多吉”（藏语中“超人”的意思）。

抵达之后的第一件事，马克便和我们国际登山队的领队提出请求：“这一次我要挑战无氧登顶，难度是非常大的，也充满风险，需要一个强大的向导来带队和指导。扎西曾经陪我成功的无氧登顶卓奥友峰，我对他十分信任，因此这次我也希望由他来做这个向导。”马克诚恳地说道，一番沟通之后，领队同意了他的要求。

一年以前，在那个冰雪覆盖的秋季，我和马克相识于世界第六高峰——卓奥友峰。那一次，我们紧密合作，作为他的向导，我帮助他成功创造了无氧登顶卓奥友峰的纪录。在那次合作过程中，我们积累了丰富的经验，也建立起了深厚的友谊。马克拥有超出常人的身体素质和体能，在

攀登者行进在暴风雪中

他的字典里，没有“不可能”三个字。

珠峰是登山爱好者的终生向往，能够攀顶成功是每一个勇士的最大骄傲。来自印度洋的暖湿气流上到珠峰半山腰便直接从南坡侧面下降，因此南坡氧气含量比北坡多，北坡的含氧量极低，天气也相对干燥。即使到今天，从北坡成功登上珠穆朗玛峰的 3019 人中，只有极少数的专业向导是全程无氧攀登上去的，可见其难度有多大。

“扎西，距离登顶还有多远？”身边的马克艰难地呼吸着，他深深吸进一口气，再重重地呼出，然后向我询问道。

行进到海拔 8000 米以上的极度缺氧地带，哪怕是像呼吸这种平时看来再容易不过的事情，也显得十分吃力。

“我们已经到海拔 8500 米了，再坚持一下。”我说。

马克低垂着头，双手撑着膝盖，弯着腰，稍微休息了一会，又开始迈着沉重的步子，极其缓慢地前进着。只不过十来步的距离，我们就花了将近十分钟。

由于长时间严重缺氧，马克走得特别慢，几乎是一步一步在挪。更要命的是，此时天气逐渐变得恶劣起来，先前飘着的雪花越来越大，狂风在山谷咆哮。对于想要创造无氧登顶的马克来说，这无异于难上加难。

我抬头望去，此时，远处天山相接的地方，逐渐露出群峰影影绰绰的轮廓，东方晨曦初露。我站在马克的身前，想要为他遮挡风雪。

“你感觉怎么样，还能坚持吗？”感觉到马克的状态不是很好，我便问道。

“放心……我还可以坚持……这一次我们……要努力争取登顶……扎西……”

“好。”

我继续陪着他往前走。

漫天风雪中，我只觉得行进在一片无际的荒原，那是一个没有人的世界，像极了《摆渡人》中崔斯坦所面临的生与死的世界。马克所跨出的每一步，都代表着人类的极限。四周的山峰好像已不复存在，那个世界没有路，没有山，也没有尽头。

终于，我们来到了接近海拔8600米处的珠峰第二台阶，这是登顶珠峰过程中必须跨过去的一道坎。站在这个台阶前，我不禁为马克捏了一把汗。

此时，马克整个人开始发抖，开始是轻微的颤抖，接着整个身子像筛糠一样抖个不停。暴风雪中，我能清晰地听到他牙齿磕碰在一起的声音。凭我多年登山的经验判断，此时的他一定冷得要命。然而，气温还在继续下降。虽然马克头上戴着特制的防寒毛绒帽，身上穿着高质量的尼龙衣裤和鸭绒衣裤，脚下是坚固厚实保暖的高山靴，但由于他是无氧登顶，高海拔下血液循环会更慢，更容易被冻伤，因此在他的手套和袜子内都放了暖宝宝保暖。尽管如此，他仍然被冻得全身战栗，呼出来的气立刻在嘴边凝成了一圈白霜。

在高海拔的缺氧地带，长时间缺氧会导致人体内血红蛋白增加，血液变得黏稠，血液循环也会变得较慢，严重时甚至会危及生命安全。作为一名向导，我深知，保护攀登者的生命安全，比任何事情都要重要。今天，我们已经到了海拔8600米的高度，虽然还没有登顶，但马克已经创造了他无氧攀登的个人最高纪录。如果硬撑着前进，也许有可能会登顶，但那样一来，就不会有力气从山顶下撤，很有可能遭遇不测。

我不忍看到他难受的样子，本着生命至上的原则，忍不住劝慰道："马克，你已经尽力了……要不，我们回撤吧？"

马克缓缓地抬起头来，他望着山顶，过了很久，才缓缓地说道："不……我们……继续……"

珠穆朗玛峰的晨曦

我轻轻地叹了一口气，伸手扶住他的胳膊，继续朝前走。

刚走了几步，马克身子一个踉跄，差点一头栽倒在地，我赶紧扶住他站了起来。

过了一会，马克大口大口地喘着气，艰难地对我说道："今年……我可能……不行了……你陪我下去吧……这次给你带来了不便……让你也不能登顶……实在抱歉……"

听完马克的话，我十分矛盾：一方面，作为一名高山向导，我深知在高海拔地区长时间缺氧是非常危险的一件事，哪怕拖延一秒钟，都有可能葬身在雪山之上；另一方面，我又希望他能坚持到底，帮助他实现无氧登顶的梦想。而且，这其中也有我的私心在里面，因为 2004 年我登顶失败了，所以这一次很希望能够冲顶珠峰。

此时，其他冲顶的队员有些快到海拔 8800 米了，有些已经到了海拔 8700 米，最慢的也在海拔 8600 米左右了。看着其他队员都陆续登上去了，我的心里十分羡慕。

一番纠结之后，我突然有了主意："这样吧，马克，我现在的状态不错，把我的氧气给你……反正只有我俩知道，只要我不说出去，谁都不知道……我们赶快抓紧时间冲顶吧。"

说完，我就开始摘取自己的氧气瓶。

令我没想到的是，我的建议遭到了马克的严词拒绝："不，我不能欺骗我自己……更不能欺骗整个登山行业……我既然想要创造从北坡无氧登顶珠峰的纪录，就不能在这个时候吸氧……我过不了自己这一关……雪山是神圣的……扎西，我心意已决，陪我下去吧……"

听着马克的话，看着他不停颤抖的身躯，我顿时对他肃然起敬。是啊，雪山是神圣的、圣洁的，我们在雪山上的所作所为也都要干干净净。

马克的一席话，让我很受触动，也让我为之前的想法感到深深的惭愧。在那一瞬间，我的心脏猛烈地跳动着，攀登珠峰是多少人梦寐以求的理想，珠峰是多少人虔诚朝拜的圣地，作为一名藏族人，身为大山的子民，我又怎能有这样自欺欺人的想法呢？

"好，我陪你下去，我尊重你的意见。"我看着马克，坚定地说道。

在下撤途中，随着海拔的降低，马克的身体状况慢慢地好转起来。当天，我们从海拔 8600 米的高处直接下撤到海拔 6500 米的前进营地。当马克摘下头巾的那一瞬间，我看到他眼眶红红的。

我故作轻松地问道：“明年还会来吗？”

马克郑重地点了点头：“还会的。”

有人说过，成功的反面不是失败，而是不做任何努力。这世上有很多这样的人，他们为了自己的理想，即使撞得头破血流，也毫不在乎。他们一直在挑战困难，也一直在挑战自己，正因为他们有着强大的决心和毅力，才能一次又一次地坚持到底，哪怕失败，也在所不惜。

虽然 2005 年是我第二次登顶珠峰失败，但这次经历改变了我，也让我得到了成长。马克对梦想的坚定执着、对登山的虔诚，都是我职业生涯中的榜样。他在雪山上的那一番话改变了我，也改变了我对雪山、对人与人之间做事的看法。它使我明白，做人就要像雪山一样干干净净。

作为一名登山向导，我们的目标从来就不是顶峰，而是客户的安全，除此之外，其他一切都不重要。

我以为，这次无氧登顶失败后，马克说他第二年还会再来只不过是随口应答而已，让我没想到的是，第二年，他真的来了。

登山
小常识

卓奥友峰

海拔 8201 米，另有海拔 8188 米的测量数据，世界第六高峰，属于喜马拉雅山脉，地处东经 86°39'39"、北纬 28°5'39"，位于中国和尼泊尔边界。卓奥友峰以东北—西南山脊为界，北部在中国西藏自治区境内，南部在尼泊尔境内。“卓奥友”在藏语中的意思是“大尊师”。卓奥友峰山势魁伟，巍然屹立在喜马拉雅山脉，东南方距珠穆朗玛峰 28.1 千米。卓奥友峰有五条主山脊，山体常年积雪，四周雪峰林立，层峦叠嶂，十分壮观。

2006 年

一年两次成功登顶

2006 年，对于珠峰的攀登者来说，是一个特殊的年份。

从 1953 年人类首次成功登顶珠峰，到 2006 年的 53 年时间里，只有 2006 年这一年的登山季，出现了两次冲顶的窗口期。一般情况下，每年的冲顶窗口期都只有五月中旬这一次，时间大概为七天。如果天气情况比较好，则会在五月初和五月底出现两次窗口期，而这样的情况，是非常罕见的。

我有幸在 2006 年的两次窗口期成功登顶珠峰。

这年第一次登顶珠峰的任务是修路。

经常有登山爱好者问我：为什么要去修路呢？我的回答是：不修路的话，你有翅膀上珠峰吗？所以，修路是必须的。攀登者在攀登珠峰之前，都需要专业的向导和协作来修路，每一个攀登者都是通过向导和协作修路时铺设的绳子，来实现冲顶梦想的。如果没人修路，也就没人能上去。而且，由于天气和冰雪变化的原因，每年都需要更换不同颜色的绳子，在登山前，向导会告知所有队员今年所用的绳子是什么颜色，以保证队员在登

圣山修路队的队员

圣山高山向导在修路途中

山时所拉的绳子都是结实安全的，所以每年都要修路。

接到修路任务后，西藏登山学校和尼泊尔方面各派了由 3 名向导组成的修路队伍，于 2006 年 3 月底从拉萨前往珠峰大本营。

从珠峰大本营到海拔 7790 米这一段的修路，都比较顺利。到了海拔 7790 米的时候，因为没有搭帐篷，所以大家都没有休息。4 月 30 日凌晨 4 点，我们便开始出发，早上 6 点左右到了海拔 8300 米处。

此时，我们这边抽派了丹增、我、扎西平措，尼泊尔那边抽调了普巴扎西、多吉、索朗一共 6 名优秀向导，共同组成了冲顶的修路队伍。从海拔 8300 米一直往上修，6 个人交替修路，到下午 3 点 50 分，成功到达海拔

8844.43 米顶峰。

那一天是 2006 年 4 月 30 日，这也是珠峰攀登季历史上时间最早的登顶记录。从 1953 年人类首次登顶珠峰起，每年登顶珠峰的时间都集中在 5 月份，而 2006 年则创造了 4 月份登顶的最早纪录。

路修好后，后续攀登者才能顺利登顶。

这一年，我第二次登顶的任务则一波三折……

海拔 7500 米的高山之上，凛冽的寒风从四面八方奔涌而来，在帐篷顶部发出“呜呜呜”的声音，黑夜像大海一样将雪山包围，我和马克躺在帐篷里面，小声闲聊。

没错，这是 2006 年，也就是从北坡无氧登顶珠峰失败后的第二年，马克真的来了。而这一次，他的目标依然十分明确：为创造从北坡无氧登顶珠峰的纪录而来。

这次我们的队里，共有 16 名队员和 16 名向导。我们十几名向导此次的任务，除了安全护送 16 名队员登顶之外，还要拍摄《Discovery 全球探索》纪录片第三季《珠峰圣母》。

我们住在帐篷里的这一天是 5 月 26 日，正处于从海拔 7028 米向海拔 7790 米攀登的过程中。考虑到队员的体力，我们几个向导决定，今晚先在海拔 7500 米处休息一晚，明天再继续向上走。

去年无氧登顶的失败并没有让马克失去信心，他反而越挫越勇，斗志

位于海拔 7028 米的大冰缝旁的北坳营地

十足。在帐篷里，他转过头，看着我认真地说道："扎西，你知道吗？所有向导中，我最信任你，对我而言，你是最优秀的向导。去年因为自身原因我没能实现无氧登顶的梦想，这一次希望我们能共同努力，弥补之前的遗憾。"

算下来，这已经是我认识马克的第三年了。第一年，我们携手攀登了卓奥友峰；第二年，他无氧登顶珠峰失败；今年是第三年，他再次向梦想发起冲锋。在这三年的相知相识中，我们建立了深厚的友谊。多次的合作让我们亲如兄弟，他正直的品格更是让我钦佩。上山之前，领队就曾告诉我，丹麦的那个"超人"马克今年又来了，点名让我当他的向导。

作为朋友，我自然愿意协助他。就这样，我带着马克重新出发，来到海拔 7500 米处，但愿这次他能如愿以偿。

就在我们闲聊的时候，领队突然走进来，告诉我一项新的任务：因为前方的物资还没有运送上去，所以我第二天一早得先运送物资。

得知这个情况后，我深表歉意地对马克说："对不起，马克，明天我不得不提前走，因为海拔 8000 米以上的物资还等着我去运送，暂时不能陪同你一起上去。你明天就跟着国际队一起上去，我们在海拔 8300 米处会合，你看怎么样？"

我知道，马克曾经无氧攀登过海拔 8200 米的卓奥友峰，去年也无氧攀登到珠峰海拔 8600 米的高度。这一次，我们约定在海拔 8300 米处会合，对于他来说，不是太大的难题。

对于我的提议，马克感到有些惋惜和无奈，考虑到我的难处，他爽快地答应了。这也是我们多年建立起来的相互理解和信任，才会出现的结果。

5 月 27 日一早，天还没亮，我便和其他几名向导先出发了，根据天气预报，这两天的天气情况是不错的。但到达海拔 7790 米的时候，天气突然变得异常糟糕。乌云密布，天空一片昏暗，狂风呜呜作响，吹得人无法站立。在这样的情况下，继续前进已不可能，只能等着天气好转。

按照原计划，我们会在 5 月 29 日冲顶。但天不遂人愿，突如其来的风暴让我们在海拔 7790 米的地方一等就是两天。平时在这里我们只会住一晚，可因为天气突变只有等待，所以在 7790 米的营地里多待了一天，内心虽然焦灼，但又无可奈何。在这两天时间里，我一直担心着马克的情况。

眼看天气状况依然没有明显改善，大批量运送物资已不可能，为了不耽误冲顶，我们不得不想出一个折中的办法——将食物、氧气、帐篷等登山必需品先送上去。就这样，我和其他几名向导带上必备物资，从海拔7790米处冒着暴风雪艰难出发了，任务是要在海拔8300米处搭建营地。就在我刚从海拔7790米处的营地出发后不久，我从对讲机中得知马克与国际队的队员一起，顺利地到达了海拔7790米的营地。我先前悬着的心这才稍微放了下来。

暴风雪依然在肆虐，干燥的雪粒像浓雾一样弥漫在山峦的上空，阵阵刺骨的寒风翻滚，把沙石卷起老高。雪粒飞扬着，把天空搅得一片混沌，珠穆朗玛峰完全隐藏在白茫茫的风雪里，只露出一个黑色的影子，更显出其险峻和高不可攀。马克也滞留在了7790米的营地，没有氧气的他在如此高的海拔要待两天，我不禁又担心起了他。

为了给大部队开辟冲顶的道路，我们几名向导扛着重达20公斤的登山必备物资，在陡峭的雪山上小心翼翼地前进着。有好几次，我都是扛着物资，牢牢地抓住旁边的登山绳，匍匐在雪地上，艰难前行。

经过几个小时的努力，我们终于快要到达海拔8400米处的高峰了，就在这时，从队友那里传来消息：在我们脚下8200米海拔处，正在无氧攀登的马克突然身体不适，不能继续冲顶。得知这个情况后，我立即与马克取得了联系。

马克在对讲机里告诉我，他因为在7790米处多待了一天拉肚子了，不能冲顶。他和罗萨尔总指挥沟通了，罗萨尔总指挥建议他先行下撤到6500米作二次冲顶计划，等后面B组或者C组冲顶时，再看有没有机会一起上。

坚持，就能成功

他的语气中满是遗憾，我劝慰他安全第一，保重身体，还有机会。

就这样，马克下撤了。当我们到达海拔8400米的时候，他已经下撤到了海拔7500米的高度。

这一次，会有奇迹发生吗？

因为我的客户马克已经下撤，国际队的领队便让我继续往上走。现在，新的任务就是在珠峰顶峰拍摄纪录片。

这部名叫《Discovery全球探索》的纪录片是英国有关方面策划的，主要记录各种探险活动，其中第三季名叫《珠峰圣母》，通过电视直播的方式将珠峰顶上的美景传递给世界。

回望来时的路

能够让全世界的观众都看到珠峰的雄伟壮丽，看到祖国的大好河山，这当然是一件好事。接到这个任务后，我忐忑不安。我只在登山学校学习过一些高山摄影知识，但是对于摄像，尤其是面向国际的视频直播，心里更是没底。但事已至此，不容我多想，只能硬着头皮上了。

领队给了我一个安装有摄像机的头盔和一个用来传递电视信号的卫播，卫播的机体外面有一根长长的用来接收信号的天线和几块备用电池（一块备用电池重约 3 千克）。

将设备给我后，领队便现场教我使用方法。考虑到高海拔、低气温的使用环境，卫播是经过专门设计制作而成的。它的体积较小，放在一个特制的包里，使用的时候并不需要取出来，只需把天线露出一点就可以。相机跟卫播连在一起，只要按下开关键就可以直接拍摄。

弄清了设备的使用方法，我稍觉心安。

第二天凌晨 3 点左右，我就从海拔 8300 米处出发了。我打开放在背包里的卫播，边往上走边拍视频，给电视做直播。

刚开始时，我并不知道怎么拍摄，领队在大本营里拿着对讲机指导我如何拍出珠峰顶上的精美画面。领队一会儿让我左转、右转、往前、往后，熟悉操作方法之后，我还会融入自己的想法去拍摄，使画面更具美感和震撼力。就这样，我一边拍摄一边朝上攀登，竟然不知不觉到达了顶峰。

我永远记得那一天，2006 年 5 月 30 日上午 10 点半，我成功登顶珠峰。与以往不同，这一次，在实现个人登顶珠峰的同时，也将世界之巅的美景展现在世人面前，让更多的人感受到了珠峰的魅力和精彩。

站在山顶，笼罩在群峰上空的雾幕开始消散，先前的暴风雪一扫而光，隐藏了多时的太阳从山后冉冉升起，阳光把珠穆朗玛峰的山峦映得五彩缤纷，天空瓦蓝瓦蓝的，没有一丝浮云，我的心忍不住激动起来。

在山顶饱览了半个小时的风光，我圆满地完成拍摄任务，开始下撤。

当我下撤到前进营地时，见到了因为拉肚子而不得不放弃冲顶的马克，此时，他的身体已有所好转。见到我之后，他流泪了，并向领队提出要求，想要安排两个最好的向导陪同他再次冲顶。

马克的这个要求，在我的预料之中。因为之前下撤时，领队曾答应过后面会安排人陪同他冲顶。这时候，我和另一名夏尔巴领队普巴扎西被选中，成为马克再次冲顶的向导，与马克单独组成一个团队，陪同他实现无氧冲顶的梦想。

我和普巴扎西担心马克身体再次出现状况，针对他无氧登顶、拉肚子等各方面的实际情况，我们一一做好应对方案，并和马克一起确定了登顶计划、物资食品补充方案，一路小心谨慎地陪同着。

然而，在海拔 6500 至 7028 米的行进途中，我们接到登山学校创始人尼玛次仁校长的命令，让我们立即下撤，不要再上去了。尼玛次仁之所以做出这样的决定，是因为他知道我们登山向导已太过劳累，体能消耗过大，如果贸然进行第三次冲顶，危险性太大。他不同意我们冒险，坚决要求我们马上下撤。

在对讲机里听到尼玛次仁那熟悉的声音，他的语气与我在登山学校学习时一样，坚定而铿锵有力。作为他的一名学生和跟随者，我们明白尼玛校长的良苦用心，考虑到生命安全，决定服从安排，立即下撤。

虽然不能帮马克圆梦，但我深知，生命不是用来冒险的，这既是对自己负责，也是对客户负责的表现。

第二天，马克和夏尔巴普巴扎西、夏尔巴多杰还是依原计划向海拔 7028 米行进，遗憾的是到达海拔 7028 米时，天气实在太差只能下撤。

事后马克下撤到珠峰大本营时告诉我："扎西，虽然今年和去年我都失败了，但是希望明年我再来的时候，你能继续陪我冲顶，你是我最忠实的朋友，谢谢你！"

这是马克第二次失败，我以为他会就此放弃无氧登顶的梦想，可他说明年还会再来，我不禁佩服他的勇气和毅力，以及他对梦想的坚持。

有趣的是，马克说到做到，第三年，他真的又来了。这一次，当他无氧攀登到海拔 8300 米的时候，感到身体无法支撑，最后，靠吸氧成功登顶。

对于我个人而言，2006 年是印象深刻的一年。这年里，我曾经三次冲顶，两次成功一次失败，而这样的纪录，也是我人生中从未有过的。

2007、2008年

护送奥运火炬登顶珠峰

“现在是2008年5月8日，北京时间9点17分，奥运圣火在海拔8844.43米的世界之巅——珠穆朗玛峰成功点燃！”

电视机前传来直播解说主持人激动的声音，画面中祥云火炬燃烧的红色火苗与皑皑白雪和层峦叠嶂的群峰交相辉映，显得格外神圣与庄严。当奥运火炬接力传递给中国登山队珠峰火炬手尼玛次仁时，他大声说道：“同一个世界，同一个梦想！”让在场的人备受鼓舞。登山队员们在世界之巅举起中国国旗与奥运五环旗庆祝奥运圣火的顺利登顶，他们在世界之巅欢呼着，拥抱着，尽情地享受着这神圣又振奋人心的时刻。

看到这个壮丽的镜头，全中国乃至全世界的人们都沸腾了，不少中国人激动得流下了热泪。

历史将铭记这一刻：人类首次在地球距太阳最近的地方点燃奥运圣火。无论在奥林匹克运动史、中华民族伟大复兴征程中还是人类文明发展史上，这都是一个极具象征意义的时刻。

这是人类历史上，奥运圣火首次照耀世界之巅珠穆朗玛峰。通过电视

奥运圣火火炬测试，扎西次仁（右一）手持火种灯

全球直播，这一盛况被传递到世界各地。整个直播信号连贯、画面清晰，再加上大本营演播室主持人激昂又富有感染力的解说，以及滚屏字幕和大量精美专题片，生动、形象地向全世界人民展示了火炬手登顶珠穆朗玛峰和奥运圣火传递到珠峰峰顶的全过程。

2008 年奥运圣火登顶世界最高峰珠穆朗玛峰，是北京奥运会火炬传递的一大亮点。这一次传递对我来说也具有特殊的意义。只有我和我的队友们知道，为了这一刻，我们付出了怎样的艰辛与努力……

时间回溯到 2007 年。这年初，为了保证 2008 年奥运圣火在世界之巅被顺利点燃，国家组建了奥运火炬测试队，负责对奥运火炬登上珠峰进行前期的测试演练。同时，火炬测试队还肩负着勘察电视转播的实地情况的重任。

火炬登顶珠峰主要面临三个挑战：一是火炬手的登山技术能否保证火炬安全登顶；二是火炬能不能在海拔8844.43米的极端自然条件下正常燃烧；最后一个挑战就是能否顺利实现电视直播，通过电视让全世界的观众看到圣火抵达珠峰的实况。

考虑到珠穆朗玛峰特殊的地理和气候条件，登顶珠峰的奥运火炬需要采用与其他火炬完全不同的内部燃烧系统，对技术上的要求也更加严格。设计者们为了解决这一难题，经过多次试验，采用特殊的内部燃烧装置，终于解决了火炬在低温、强风、低压、少氧等特殊气候条件下的燃烧难题。但这一特殊火炬能否在珠峰顶部顺利燃烧，还需要我们去实地检验。

测试队员中，有3名来自西藏登山学校，一个是罗布占堆，另一个是罗布顿珠，还有一个就是我，其他队员主要来自西藏登山队。我们一行十多人，全都是身经百战的专业登山队员，和商业登山团队相比，在专业上有明显的优势。我想领导这样安排的用意也很明显：那就是不惜一切代价，用中国最优秀的登山人才，保证奥运火炬传递任务的万无一失。在整个攀登过程中，我们这批经验丰富、训练有素的攀登者，满怀激情，胸中充满着对祖国的热爱和崇敬、对这次行动的珍惜和自豪之情，将一个又一个的困难都踩在了脚下，于5月9日顺利登顶。

这不是我第一次登顶，但这一次登顶的意义与以往任何一次都不一样，在我们的身后，有无数双关切的目光在注视着我们。站在珠峰顶端，放眼望去，瓦蓝的天空下，皑皑白雪之巅，是一座又一座的山峰。千百年来，它们矗立于此，构成了雄伟壮丽的绝世风光。

站在珠峰顶端，我们放下背包，取出各种不同的火炬，正式开始了测试。这次带上去的火炬有四五种，燃烧的方式也各不一样：有的需要用火点燃，有的需要通过顶针撞击燃烧，有的需要通过气体燃烧，甚至还有一种是带有火药的。每种火炬的火焰形状、点火系统、燃烧过程，我们都一一记录下来，并分辨出每种火炬的优劣，对每种火炬做到了心中有数。结合珠峰顶部的实际情况，比如高海拔、低气压、狂风、暴雪，最终我们选定了一款最合适的火炬。这种火炬与在平原使用的不一样，比较类似于平时我们烧火用的煤炭灯。

所有的测试过程，西藏登山学校的优秀摄影师都一一摄录下来，中央电视台做了奥运火炬珠峰登顶预演的现场直播。无数人通过电视画面，看到了我们这次在珠峰顶部测试火炬的全过程。

事实证明，在 2008 年的奥运火炬登顶珠峰的过程中，也是最终采用我们确定的那一款火炬。

成功完成了对火炬的测试，短暂的休息过后，我们便开始下撤。抵达珠峰大本营的时候，身后突然有人拍了拍我的肩膀，回头一看，竟是老朋友马克。我感到很意外，问道：“你怎么又来了？”

“扎西，好久不见！是的，我又来了。”

见到相识三年的生死之交，我的心情自然无比激动，马上拉着他到大本营的帐篷中叙旧。他告诉我，在综合考虑天气、体能等情况之后，这一次他和队伍里的夏尔巴向导计划在 5 月 20 日冲顶。

此时，国际队的领队和夏尔巴领队也走进来对我说：“扎西，和我们一起吧，我们需要你的带队。”

“一起吧，扎西，我们可是三年的老战友了，我还等着你见证我无氧登顶的那一刻呢！”马克也在一旁说道。

看到马克如此坚持自己的梦想，我深受触动，前两次他都失败了，没想到他依然如此坚定执着，今年又来冲刺无氧登顶。

从朋友的角度说，我应该答应他们的请求，但这一次，我却不能跟他一起并肩战斗。

我们这次登顶珠峰的任务，就是为2008年的奥运火炬传递做准备，我也是奥运圣火测试队的主力队员之一，这是国家任务，我怎能轻易放弃？更何况，我还要马上前往北京参加集训，为2008年奥运圣火登顶珠峰做准备。国家利益当前，作为一名中国人，我别无选择，这是我的使命。

考虑再三，我只好向他解释因有任务在身，这次实在爱莫能助。最终，马克表示理解。

他朝我竖起大拇指：“你是中国人的骄傲。”

我笑了笑，说：“祝你梦想成真。”

当天下午，我便返回到了日喀则。

那年是马克第三次从北坡尝试无氧登顶珠峰，尽管不能陪着他，但我的心里依然牵挂着他的情况。后来从国际队的同事那里听说，马克最终还

扎西次仁与奥运火炬

视若生命般宝贵的火种灯

是没能实现无氧登顶的梦想，在攀登到海拔 8300 米的时候，因为身体不适无法继续无氧攀登，最终靠吸氧登顶珠峰。

尽管马克连续尝试了三年，都以失败告终，但在我心里，他依然是一名真正的勇士。人们常说现代社会看重的是结果，而非过程，也习惯了以成败论英雄，但我并不这么认为，我敬佩每一个为了梦想而不断尝试、不断挑战自己的人，不管成功和失败，他们都值得被尊重。成功的定义有很多种，我想，马克是成功的。

2007 年 6 月，火炬燃烧测试结束后，我和其他被选中的队员一同前往北京怀柔国家登山基地参加集训。五个月后，随着冬季的来临，我们又先后在昆明和拉萨训练了接近三个月。

是他们，将奥运圣火送上了世界之巅

西藏喜马拉雅登山向导学校和中国国家登山队都派出精英队员参加了集训。我们国际队派了 20 多个人，西藏登山学校尼玛次仁校长兼任集训队副队长，国家登山队王勇峰任队长。大家在一起训练，相互切磋登山技艺，共同提高。

集训队的队员们都是专业登山队员，在技术方面问题不是很大，所以集训主要围绕体能训练进行，由国家登山队的教练负责指导。除了星期天可以休息外（必须在当晚 6 点前返回集训基地），一周六天都要进行训练。国家对 2008 年北京奥运会的重视程度由此可见一斑。面对这样一个只许成功不许失败的艰巨任务，我们每个队员的压力都非常大，因此一刻都不敢懈怠。

历时大半年的集训结束后，经过几天的休整，2008 年 3 月 16 日，我们从拉萨出发，当天抵达海拔 5200 米的珠峰大本营。抵达之后第一件事，便是建设营地、修路，修路完成之后开始往山上运送物资，运输完成之后就是整个奥运火炬传递过程中至关重要的一环——冲顶。

5 月初，最激动人心的时刻终于来临了，全世界的目光都聚焦到奥运圣火上，聚焦到珠峰上。

2008 年，对于中国人民而言，经历了汶川大地震的悲痛，也经历了奥运圣火在中华大地上被传递、被点燃的激情。这团象征着光明、团结、友谊、和平、正义的火焰，从发祥地希腊的雅典出发，永不熄灭，跨越千山万水，第一次来到中华大地上。

2008 年，对于我个人而言，最光荣的任务莫过于参与到奥运圣火在珠峰顶部燃烧的过程当中。

5 月 3 日，我们行进到海拔 5800 米的中间营地。

5 月 4 号，我们到达海拔 6500 米的珠峰前进营地，也是在这里，专门负责护送奥运圣火的队员正式把火种灯交给珠峰登山队队员。当时随行的两位队长王勇峰和尼玛次仁商量之后，决定把火种灯交给我和同伴罗布占堆。

尼玛校长对我和罗布占堆说："这个火种灯就交给你们了，要想尽一切办法护送它上珠峰，保证它永不熄灭。这是一项非常重要且异常艰巨的工作，甚至比我们的生命还重要，如果没有它，北京鸟巢上空的奥运火炬就无法点燃。"

上　珠峰晚霞
下　海拔 7028 米的北坳营地

那一刻，我感到这既是一种至高无上的荣誉，也是一份沉甸甸的责任。

随后，王勇峰队长给我们讲解了保持火炬永不熄灭的奥秘——每隔 4 个小时必须更换一次火炬内的碳，并且详细地讲述了更换碳的步骤和注意事项。

火种灯是专门用于储存圣火火种的，每天传递活动结束后，火种就被保存在火种灯里，直到第二天火炬接力再次开始时，用其重新点燃第一支火炬。同时国际奥委会要求，为了保证圣火的尊严和火炬接力的纯洁性，火炬接力运行期间要保持圣火持续燃烧。因此火种从雅典开始，到登顶珠峰，再到 8 月 8 日传递至北京鸟巢体育馆，要一直保持燃烧。

“扎西、罗布占堆，这次的任务光荣而艰巨，你们必须保证顺利完成，决不能辜负国家和人民对我们的信任。”尼玛校长站在一旁，严肃又意味深长地看着我和罗布占堆，缓缓地说道。

我和罗布占堆不敢有丝毫懈怠，像保护自己的生命一样保护着火种的安全。我凝视着这象征着奥运精神的火种灯，它由两层结构组成：外部是一个盖子，防止火种受到风雪的侵袭而熄灭；底部有一个用于通气的洞口，燃烧着的碳被保护在最里层。每一块碳只能燃烧 4 个小时，换炭的时候必须打开盖子。以防万一，即使在睡觉的时候，我们也会把它放在帐篷的内帐和外帐中间，并且调整好闹钟，每隔 3 个小时就换一次碳。

2008 年 5 月 5 日，我们正式从海拔 6500 米的前进营地出发，背着火种灯前往海拔 7028 米的珠峰北坳营地。火种灯像一面旗帜，一直挂在我们的背包旁，指引着队伍前进的方向。我和罗布占堆每走几步，就要停下来观

第一棒火炬手吉吉和罗布占堆点火

察盒子里面的碳是否还在正常燃烧。在整个攀登过程中，我俩的精神都高度集中和紧绷，生怕有一点闪失。要是因为我们没有保护好火种灯而造成火炬不能成功传递，那损失可就大了。

四个小时后，我们到达海拔 7028 米的北坳营地。

5 月 6 日，我们从北坳营地出发，前往珠峰海拔 7790 米的大风口营地。

5 月 7 日，所有队员全部抵达海拔 8300 米的突击营地。这是登顶前的最后一个营地，为了让奥运圣火顺利地在珠峰顶部点燃，我们需要停下来做好充分的休整。或许是因为激动，又或许是忐忑，大家几乎一夜都没有睡着。

躺在圣山珠峰的帐篷里，联想到这次任务的光荣，我觉得自己在做一件很神圣的事，觉得背负了整个国家和民族的使命。想到这里，我问罗布占堆："你说这次我们可以顺利把奥运圣火送上圣母珠峰吗？"

"一定可以的，而且我们每人都带了一个火种灯，如果我的火种灯熄灭了，还有你的可以接上。总之，我们务必要完成好这个任务，成功点燃第一棒火炬。圣母会保佑我们。"

我和罗布占堆坐在帐篷里，听着外面风雪的呼啸声，互相鼓励着，一夜未眠。

5 月 8 日凌晨 1 点 45 分，天空一片漆黑，我们从海拔 8300 米处开始冲顶，迎来了这次行动的最后关键时刻。在距离顶峰 30 米的时候，按照计划，我们要在这里用火种灯引火，点燃火炬。此时，负责传递火炬的 5 名队员也站到了指定位置。

"今天，我们将在世界之巅——珠穆朗玛峰，实现对世界的承诺！"点火开始前，尼玛校长对所有在场的队员和镜头说道。

9 点 10 分，罗布占堆从背包里取出火种灯，顺利点燃了第一棒火炬手吉吉高举的祥云火炬。吉吉是西藏女子登山队的队长，她和丈夫仁那是一对"雪山侠侣"，也是世界上第一对携手登顶珠峰的夫妻。高山曾见证他们的爱情，也见证了他们的分离，仁那在 2005 年前往迦舒布鲁姆峰途中不幸遇难。他们曾有一个共同的心愿，就是一起参与 2008 年北京奥运会的圣火珠峰登顶活动。当吉吉高举着祥云火炬的那一刻，悲伤和幸福交织在一起的泪水挂在她的脸上，她终于替丈夫达成了他生前的愿望。

接着，吉吉向前走去，将奥运圣火传递给第二棒火炬手——王勇峰，他是当时的国家登山队队长。

第三棒由西藏登山学校创始人尼玛次仁来传递，尼玛校长高举奥运火炬，虔诚地向上攀登着，直至将圣火传递给第四棒火炬手——黄春贵，中国地质大学的一名大学生。

最后，由22岁的藏族少女次仁旺姆接过奥运火炬珠峰传递的最后一棒，站在世界之巅，展示北京奥运的祥云火炬，也代表着珠峰圣火传递成功。次仁旺姆是西藏登山学校三期的女队员，她曾一年两次登上两座8000米以上的高峰，2006年成为中国登顶珠峰年龄最小的女运动员。

奥运圣火燃起的那一瞬间，在场的队员们无不欢呼雀跃，所有人挥舞着国旗，高喊着“同一个世界，同一个梦想”，在世界之巅传递着喜悦和荣耀。那一刻，珠峰沸腾了，全世界沸腾了。所有的艰难困苦都被抛在了九霄云外，我们不顾疲劳，不顾危险，尽情地唱啊、跳啊，大家紧紧地拥抱在一起。

至今回想起来，那震撼的场景依然令我热血沸腾。奥运火炬登顶珠峰是中国在申办北京奥运会时对国际社会的承诺，对世界的承诺，也是人类文明史上的壮举。

奥运圣火在珠峰的传递，不仅向世界展示了“公平竞争、互相理解、友谊团结”的奥林匹克运动精神，也体现了登山队员们“吃苦耐劳、团结协作、敢于胜利、勇攀高峰”的登山精神。这不仅仅是中国团结、民族和睦和国家兴盛的象征，也是汉族和藏族人民团结一致，显示团结、合作、

扎西将奥运火炬带上珠峰

友谊的表现。能够将奥运圣火送上世界之巅，为北京奥运会贡献自己的微薄之力，是我毕生的荣幸，也是我人生最难忘的一次经历。站在世界之巅，亲眼见证奥运圣火的传递，让我真切地感受到祖国正在日渐强大。

那一次奥运圣火传递的第一棒吉吉和最后一棒次仁旺姆，都是圣洁的女性，也诠释着奥运火炬登顶的三圣——圣山、圣火、圣女，意为在圣山之上，圣女传递圣火。

当天上午 10 点 15 分，我们开始从顶峰下撤。因为顺利完成了传递圣火的任务，大家的心情也都十分愉悦，一路上兴奋地交谈着。在下山过程中，火种灯也是不能熄的，我们还是要一直守护着，每隔 3 个小时换一次碳，因此体力消耗比较大。

当天我们就一直下到前进营地，5 月 9 日回到珠峰大本营，成功地将火炬交给奥运圣火的护送团队成员。

直到这时，这次光荣而艰巨的任务，才算圆满完成。

2008 年，是我职业登山向导生涯中最难忘的一年。也就是从这一年开始，我离开了国际队，正式加入西藏圣山登山探险公司，一直到现在。现在这个火种灯被收藏在登山博物馆里，一同被收藏的还有一张我背着火种灯行走的照片。当时我还有一个身份是新华社的特约记者，负责拍摄现场照片。罗布占堆用火种灯点燃火炬的照片就是由我来拍摄的，那张照片是我们共同见证历史的证明。

2009年

国内首对业余登山爱好者夫妻登顶珠峰

“来，三二一，看镜头。”

2009年5月17日上午，我和另一名向导洛琼站在世界之巅上为一对年轻的夫妻拍摄一套特殊的婚纱照。湛蓝的天空下，是一望无际的雪山云海，白与蓝交织的画面动人心魄。雪山在阳光的照耀下，显得神圣而纯粹，新人幸福的笑颜此刻被永远定格在镜头里。

婚纱照有很多种，但无疑，我为这对幸福的恋人在珠峰顶部拍摄的婚纱照具有特殊的含义。

这是我第一次带领女队员登顶珠峰，也是第一次带领业余登山爱好者夫妻登顶，能够实现他们共同登顶珠峰的愿望，对我而言，是一次全新的挑战和经历。

镜头里，看着手持结婚证的这一对新人，我既替他们感到高兴，又佩服他们的勇气和毅力。他们并不是首对登顶珠峰的夫妻，在此之前，西藏登山队的吉吉和她的丈夫仁那曾作为专业登山队员共同登顶珠峰，但眼前这对拍摄婚纱照的恋人是国内首对以业余登山爱好者身份登顶珠峰的夫妻。

万年冰山

近乎垂直的大冰壁

通过交谈得知，两人相识于西藏启孜峰，相恋于乞力马扎罗山，后又共同攀登了海拔 8201 米的卓奥友峰，对他们来说，山是他们爱情的桥梁，也是爱情的见证者。那时他们刚好领完结婚证，出于对山的热爱和崇敬，他们决定攀登珠峰，让圣山见证他们的爱情。

5 月 9 日那天，我见到了这对夫妻。出发之前，年轻的丈夫牵着妻子的手来到我和领队面前，诚恳地说道：“扎西，我们二人因山而相识相恋，此次攀登珠峰，我们的目的只有一个，希望能站在世界之巅拍一张结婚照，让珠峰见证我们的爱情。这是我们第一次攀登珠峰，希望你能帮助我们实现这个愿望。”

年轻的丈夫说完，身边的妻子便给了他一个温柔的笑容，看着沉浸在

壮丽的喜马拉雅山脉

幸福爱情中的这对恋人，我的心里也像吃了蜜一样。帮助客户实现自己的梦想是向导的天职，但我深知，作为业余登山爱好者，想要登顶珠峰实在是太难了，在高海拔地带，体力不支或出现高原反应而缺氧，对登山者而言都是一次生命的冒险。

珠峰海拔 8000 米以上都是高海拔、低气压、低温度的高寒地带，氧气含量十分稀薄。即使是出生在海拔 4000 米甚至 5000 米以上的藏族同胞，在这里都有可能出现高原反应，就算是专业的登山向导也必须经过长时间的训练才能攀登带队。

对业余登山爱好者而言，要想攀登海拔 8844.43 米的世界之巅——珠穆朗玛峰，至少需要经过 3 ～ 5 年的周期训练，同时还必须具备海拔 8000 米

行进在北坳

以上的攀登经历，才有资格报名攀登珠峰。

这对夫妻在 2008 年 11 月曾顺利登顶海拔 8201 米的卓奥友峰，具备攀登珠峰的资格，但卓奥友峰的攀登难度并不能与珠峰相提并论。望着远处巍峨雄壮的山峰，我知道此次登顶与以往相比，难度更大。尽管如此，我还是充满信心地对他们说道："放心，这次攀登珠峰我一定会尽全力帮助你们实现愿望，我们一起加油！"

整理好行囊，我和另一名向导便带着他们出发了。与我们同行的，还有一路山友。刚走不久，原本蔚蓝的天空突然变得灰暗起来，耳畔的寒风席卷而过，纷纷扬扬的雪花从天空落下来，前方的道路变得晦暗不明，但这丝毫不影响我们前进的步伐。

我在前面带队，他们夫妻二人在我身后一前一后地跟着。我们每个人都背着一个大大的背包，女队员的背包是经过特别设计的，与男队员相比要轻松一些，但考虑到女性与男性在体力方面的差距，我不由得放慢了脚步，以便让那位年轻的妻子能够跟上队伍的节奏。

5 月 9 日到 5 月 15 日，天气状况一直不好，一路上我们与风雪做伴，向海拔更高处挺近。越往上走，风越大，飞扬的雪粒如雾幕一样笼罩在头顶上空，沿途的冰川在道路两旁矗立着，闪烁着洁白、晶莹的光芒，我们仿佛置身于童话故事中的冰雪世界。

年轻的妻子在攀登过程中被眼前的美景深深吸引，不时拿出手机拍照。她的丈夫寸步不离，跟在妻子身后，时刻保护妻子的安全。

对于眼前习以为常的美景，我显得淡定许多，步伐从容地在前面带路。高山之上的风，越来越大，吹得人站立不稳，我们只能弯着腰抵御寒风的侵袭。

身为专业的登山向导，我知道对于业余登山爱好者来说，在高海拔雪山上行走，必须得掌握好自己的节奏，尤其是女队员，速度不能太快，否则很容易出现高原反应。看着身后紧跟着的夫妻二人，我大声问道：“你们感觉怎么样，身体有没有不舒服，需不需要休息一会儿？”

看着步伐越来越慢的妻子，年轻的丈夫回答道：“我还能坚持，但是她体力消耗太大，需要休息。”

考虑到女队员的体力消耗较大，我和另一名向导决定停下来作短暂的休息。

冰峰

年轻的妻子弯着腰，用手撑住膝盖，丈夫在一旁轻声问道：“感觉怎么样，还能坚持吗？”

感受到丈夫的关心，妻子安慰丈夫说：“没事儿，休息一会儿就好。我能坚持……”

短暂的休息结束后，我们继续向上攀登。途中，我们需要经过许多裂开的冰缝。这些冰缝犹如一个个暗藏在地下的陷阱，稍不留意，就会深陷其中，无法自拔。一路上，我时刻提醒他们注意安全，拉好安全绳，切记不能离冰缝太近，因为边缘的冰雪有可能是悬空的。

好在一路有惊无险，我们终于在 5 月 16 日顺利抵达海拔 8300 米处的突击营地。

在突击营地，我们四人住在同一个帐篷里。年轻的妻子坐在帐篷里大口大口喘着粗气，她的丈夫端着一杯热水坐在旁边，用手轻轻抚着她的背部，不时询问她的状况。经过一阵休息后，他们的精神状况逐渐好转。

明天就要开始冲顶，为了让他们夫妻二人能以良好的身体状态迎接最后的挑战，我从随身的背包里拿出两瓶润肺的药品递给他们，说道："明天是至关重要的一天，今晚好好休息，保存体力。"

帐篷外面，寒风怒号，将帐篷吹刮得啪啪直响。年轻的妻子不无担忧地看着我，问道："扎西，明天就要冲顶了，有什么需要注意的吗？外面风这么大，明天会不会下雪？"

察觉到妻子的担忧，丈夫转过头，眼神坚定地看着妻子说："放心，我们现在已经到了海拔8300米。扎西是专业的向导，经验丰富，在他的帮助下，我们一定可以顺利冲顶。"

我说："不要担心，明天我们一定会顺利登顶的，我还会在上面给你们拍独一无二的婚纱照。现在，我们最重要的就是早点休息，养精蓄锐。"

听完我的话，夫妻俩向我重重地点了点头，当晚我们便早早地休息了。

5月17日凌晨时分，我们一行人整装待发。穿戴整齐后，我看了看帐篷一角的氧气瓶，果断地将它背了起来。这是一瓶备用氧气，由于每个人的体能不一样，消耗的氧气也不一样。体力好、高反较小的人，一瓶氧气可以用5～7个小时；体力差、高反严重的人只能用四个小时。因此在出发之前，

行进在童话般的冰雪世界

我和另一名向导洛琼都随身背了一瓶多余的氧气，以备不时之需。

海拔 8500 米以上，是一个巨大的横切面，路段十分狭窄，只有十几厘米宽，只能容纳一只脚，攀登者必须两脚交叉前进。山路的两边，是深不见底的绒布冰川，稍有不慎，随时都有生命危险，寒风肆虐，吹得人摇摇晃晃。

沿途有很多前人留下的路绳，因为长时间的侵蚀已经变得朽烂不堪，攀登途中，若是不小心抓错了绳子，就会坠入万丈深渊，永远留在这高山之上。

此刻天还没亮，整个世界漆黑一片，只有头上的头灯投射出点点微光，照射着脚下的方寸之地。我知道，此时我们必须借助夜幕的掩护，迅速攀登。一旦天光大亮，周围陡峭的山势和万丈悬崖，会给攀登者带来巨大的心理压力，每多停留一分钟就意味着会增加成倍的危险。

为了安抚二人的心情，我转过身对他们说：“眼睛不要看着脚下，只管向前走，只要抓紧安全绳，就不会有问题的。”

他们夫妻二人跟紧步伐继续向前走着。在通过第一台阶时，走在前面的丈夫状态非常好，一路领先，超过了同组的一位山友；到达第二台阶，正当年轻的妻子也想超过这位山友时，突然发生了意外。

原来台阶上的一块石头滑落下来，正巧砸中了这位山友的头部，倒下的山友阻挡了妻子前进的步伐，而走在前面的丈夫对此一无所知。

在海拔 8700 米左右的第二台阶，当丈夫想要回头告诉妻子他们即将胜

壮丽的珠峰见证他们的爱情

利冲顶时，却发现身后并没有妻子的身影。他着急地对我说道："扎西，我的妻子和洛琼落在后面了，我想在这里等她。"

听到这句话，我立马停下脚步，转过身对他说："不行，待的时间越久，危险越大，不能拿生命冒险，我们先上去等她。"

于是我带着年轻的丈夫继续向上攀登，经过第二台阶时，云层中露出了太阳的身影，世界瞬间明亮起来，云海犹如大海中的波浪在我们脚下浮动着，一切都是那么美好。

突然，我的身后传来一声呼喊："扎西，我的眼睛被风雪冻伤了，看不清路面。"

从呼喊声中，我听出了这位丈夫的害怕，细声安慰道："别怕，我带着你，你跟着我的脚印走，加油，马上就要登顶了，坚持住。"

他几乎是凭着一股意志跟着我走，就在离顶峰还有几十米的距离时，年轻的丈夫停下脚步，坚定地对我说："扎西，我不走了，我要在这里等我的妻子，我要跟她一起携手登上顶峰。"

我劝他继续跟我走，待在这里太危险，可他说什么都不肯走，坚持要等妻子一起登顶。作为他的向导，我也很牵挂他妻子的情况，于是我用对讲机与跟随在他妻子身边的另一名向导洛琼取得联系，了解到因为他妻子前面的队员被山石砸中而受伤下撤，阻挡了后面的队员前进。考虑到离顶峰只剩几十米距离，上面的路线相对比较好走，加上被这位年轻的丈夫对他妻子的真情所感动，最终我答应停下来等候他的妻子。

我和他趴在一块岩石后面抵挡寒风，因为天气太冷，他不时用力拍打着岩石，防止手指冻僵。他抬头对我说："扎西，我和妻子因山而结缘，我们共同攀登了启孜峰、乞力马扎罗山、卓奥友峰，你说，这次珠峰会接纳我们吗？"

"会的，你们这么相爱，感情这么真挚，珠峰会接纳你们，并为你们祝福的。"我说。

时间一分一秒过去，40 分钟后，他心心念念的妻子终于出现在眼前，年轻的妻子一下扑到丈夫的怀里，得知丈夫的眼睛看不见，她对着丈夫诚挚地说道："不要怕，我就是你的眼睛，我们一起上去。"

就这样，妻子走在前面，丈夫跟在后面，两人一步一步向着终点冲锋。终于在 5 月 17 日上午，夫妻二人成功登顶珠峰。

看着脚下浮动的云层和耸立的雪峰，这对夫妻紧紧相拥在一起，妻子从口袋里拿出一颗象征爱情甜蜜的糖，与丈夫分着吃，说道："我们终于登顶珠峰，我希望我们以后的生活也像这颗糖一样甜甜蜜蜜。"

丈夫拥抱着妻子，深情地说道："一定会的，登顶珠峰这么困难，我们都坚持下来了，我相信你，我们没有过不去的坎。"

他们拿出结婚证，让我帮忙拍照。我从背包里取出相机，以雪山为背景，用镜头定格了他们的幸福瞬间。在珠峰顶部拍摄婚纱照，我想这世界上没有几人能做到吧？

为了庆祝他们成功登顶，我和另一名向导洛琼用藏语表达了对他们的祝福，扎西德勒！希望他们白头偕老。我知道对他们而言这是历史性的一刻，历经苦难之后的甜蜜会成为他们人生最宝贵的记忆。

登山小常识

攀登珠峰必须要通过的三关考验

第一关是必须要有攀登海拔6000米以上的高峰经验。因为西藏的雪山海拔基本都在5000米以上，所以来到西藏登山，入门级别就是攀登海拔6000米以上的山峰。

第二关是登顶海拔7000米以上的高峰。如果身体没有出现任何不良状况，相关部门会颁发证书，有了这个证书之后，还需要到医院进行检查，检查通过之后才能进入第三关。

第三关就是需要攀登海拔8000米以上的高峰。全世界海拔8000米以上的高峰共有14座，除了珠峰之外，若是顺利攀登完成其他任何一座高峰，同样有资格可以申请攀登珠峰。

三关全部通过，才有资格向国家体育总局申请攀登珠穆朗玛峰。

2010 年

比向导更难的工作是修路

如果没有路，攀登珠峰就只能是空谈。

谁来修路？

在圣洁的珠穆朗玛峰，有这样一支队伍，每年 4 月份，他们都要在无保护的冰雪面上攀登，铺设路绳、设立保护点，同时探明冰裂缝等隐患，为登山者开辟出一条安全路线……

“小心，前面有冰裂缝。”

“绳子递给我，这里必须要搭设梯子，否则后面的攀登者根本没法通过，还可能会发生滑坠……”

2010 年，在 5 月的攀登旺季来临之前，我们一行 10 人先行前往珠峰，完成正式攀登前的准备工作——修路。

修路，简单来说就是在山体上固定路绳，以指示登山者正确、安全的前进方向。攀登时，登山者使用挂钩和上升器与事先铺设好的路绳连接，以此来安全地攀登和下降。

上　高山向导多杰次仁和丹增罗布在修路
下　高山向导在修路途中

穿行在冰川中的扎西次仁

因为气候原因，珠峰的登山季一般在每年 4 月和 5 月之间，4 月份主要是修路、运输物资、适应环境，真正攀登的时间集中在 5 月上旬到 5 月底这短短的十几天内。在这段时间里，根据天气预报和实际的天气情况确定最适合的冲顶时间，我们通常叫它窗口期。

除了安全地带领客户攀登珠峰以外，修路也是高山协作和向导的主要工作内容之一。每一名参与修路的队员必须具备出众的体能、技术、责任心和抗压能力。

除此之外，修路的危险性也绝对不亚于正常的攀登，在登山者攀登之前，我们要在没有任何保护措施的情况下，提前到珠峰上面把路线走一遍，避开可能有危险的地方，比如冰裂缝边缘、滑坠区，在陡峭的悬崖和冰雪上

先行者

修路队

铺设路绳，给后续队员的攀登提供安全保障。如果没有这条在极度危险的悬崖、冰面和横断上铺设的绳索之路，攀登就无法完成。

过去，珠峰北坡的修路任务一直都是由临时队伍完成，大家往往有力的出力，有钱的出钱，有装备的出装备，没有一支专业的修路队伍，而且由于缺乏统一的安排和装备，加上修路队员之间又互不认识、缺乏默契，在很大程度上影响了每年修路工作的进度和质量。

直到 2008 年，圣山探险公司独立完成了从海拔 6500 到 8844.43 米的修路任务，才算彻底解决了之前修路导致的种种问题。

2010 年，我和往年一样参与了正式攀登前的修路工作，在确定路线、铺设路绳之前，我们首先要判断哪些地方可能会产生危险，比如雪崩、冰

修路途中的扎西

崩等。从雪体颜色、深浅的变化到冰裂缝的明暗痕迹，都要仔细观察，避开危险区域，探出一条安全可靠的攀登路线。这是作为一名高山向导和修路队员必须学会的技能。

对于如何选择路线，我们有一套固定的方法和技巧。这些方法和技巧都是经过培训的，再加上前人们在之前的修路过程中积累起来的经验，我们往往一看就知道路线该怎么搭建。经验告诉我，特别陡峭的地方和有雪覆盖的地方一般不会修路，因为坡度 45°～60° 的地方很容易出现雪崩。

修到海拔 7028 米的北坳营地时要格外小心，它是一个非常狭窄的冰雪坳地，营地常年被厚厚的积雪覆盖，布满了或明或暗的冰裂缝，再加上风袭强烈，经常发生冰崩。北坳营地正常情况下没有雪崩，基本上只有冰崩。

排队通过梯子

我们修路的时候就会避开容易发生冰崩的地方。

北坳冰壁的坡度会达到 90°，但一般不搭梯子。在北坳营地附近修路最主要就是解决冰裂缝的问题。在冰裂缝上修路最为头痛，有些裂缝太长，人们没有办法绕过去，就只能在裂缝处放梯子，冰爪的缝刚好可以卡在梯子上，如果一个梯子不够就用两个。

修路的时候，需要特别注意分辨明裂缝和暗裂缝，在危险的区域和地段，我们会插上一些标志，以提醒攀登者注意。

如何分辨明裂缝和暗裂缝呢？有经验的向导会根据两个方面来判断：一是看冰有没有裂口裂缝，二是看冰的松软度及颜色。如果冰太松，就容易滑落下来砸到行进中的队员。冰表面特别亮的地方，往往都特别滑，很多队员爬不上去，我们脚上穿着的冰爪也卡不住，行进时，我们往往采用 Z 字形路线，借助冰镐一步步地往上攀登。如果冰内部是空的，有空气流通，表面的颜色大不一样，这也是我们修路时需要避开的地方。

遇到有岩石的地方，我们会使用坚固的岩石钉；到了雪地里，我们就使用雪锥，雪锥的长度为 90 厘米到 100 厘米不等；到了冰壁，我们就用冰锥设立保护点，一般用两三个冰锥来打一个保护点，人可以站在保护点上，然后在梯子两边绑上绳子，攀登者只需抓住绳子，就能沿着梯子向上攀登。

在北坳营地，每隔 50 米就要打一个保护点，如果不打保护点，人非常容易在这里发生滑坠。有些地方甚至每隔 20 米、30 米就要打一个保护点，这样一来，就算人滑下去，也只会滑到下面 50 米左右的地方，卡在那里就不会再往下面滑了。

过去每年在北坳营地附近修路都会遇到一些险情，因为我们上去的时候没有绳子，也没有任何保护措施，人很容易滑下来，经常会受伤，但所幸都没有生命危险。

在海拔 7500 米到 7790 米之间的地段也需要特别小心。这一段的风异常大，视线也容易受阻。

在第一台阶和第二台阶，海拔 8550 米到 8650 米的路段，我们一般选择在相对松一些的岩石上打膨胀螺丝定点，这些点就是攀登过程中的保护点，然后再用绳子将保护点缠绕。保护点不需要每年建立，只要将原有的保护点保持稳固即可。

珠峰上面的风特别大，常常会把绳子吹掉，所以绳子每年都会更换，并且还会用不同的颜色予以区别，但是螺钉一般两到三年才重新打一次。

修路的时候，我们会避开有可能发生冰崩、雪崩等自然灾害的地方。因此，攀登者只要沿着设定好的路线攀登，把保护器挂在路绳上，一般都是非常安全的。

那一年的修路工作完成之后，我便下撤到大本营，准备带客户攀登珠峰。当时我的客户是 57 岁的《新周刊》杂志总编辑孙冕，之前我曾带他攀登过卓奥友峰。孙冕那一年的攀登过程和 2011 年我带的客户很类似，唯一不同的就是他有两个向导，除我之外，还有一个向导叫次仁多杰。因为他觉得自己年龄大了，攀登过程中速度比较慢，需要更多的氧气，而且又不是专业人士，所以需要更多的帮助。

在珠峰大本营休息时，孙冕曾收到儿子的来信，信中说：“我血液中流淌着你坚定不移的精神，你用行动教我怎么做人，妈妈用她絮絮叨叨的语言教我怎么去生活，我坚信你能够顺利地登顶回家，那时候我会听你讲你的故事，陪你喝酒，万一你回不来，我会陪妈妈收拾你留下的烂摊子……”

“我一定要活着回来，也算是我给儿子的一个承诺。”读完信，孙冕泪流满面。

那一次我在珠峰大本营深深地感受到家人和亲情的温暖，我想对他来说，此刻的内心一定是安定的，因为有家人的支持和鼓励，一切困难都难不倒他。

在后面的攀登过程中，大部分时间孙冕都是凭借自己的力量在攀爬，只有在遇到第一台阶、第二台阶这些难度比较大的地方，才由我和次仁多杰一前一后对他进行保护，我在前面拉着，次仁多杰在后面推着，在我们的帮助下，他顺利通过了第一、第二台阶。

对于像他这样年龄大的客户，我们都会把他的保护器挂在绳子上面，在我们和他之间还有一个向导绳，挂在我们的腰部和他的腰部之间。从海拔 6600 米开始一直到顶峰，我们都必须借助路绳的保护。攀登途中需要的物资大部分都由我和另外一个向导背着。

在珠峰，每年的冲顶时间都是一样的，所以在那几天都是排着队往上走，不会有人下来，单向通行，从海拔 8300 米到顶峰，最慢的需要九个小时，最快的要四个多小时，大部分是六七个小时。

5 月 17 日上午 9 点 35 分，我们成功登顶珠峰，那一年，孙冕 57 岁，是我当时所带过的国内客户中年龄最大的攀登者。

从那之后，孙冕投身于慈善事业，为救助生活困难的抗战老兵而积极奔走，发动陈坤、柯蓝、邓超、韩红等演艺界友人与一些公益团体一起为抗战老兵捐款捐资，并成立了“抗日战争老兵基金”。

他是我当时带过的客人中年龄最大的一位，但是他身上的坚韧和乐观深深地触动了我，一个年过半百的人尚且如此，我们又怎么能一遇到困难就轻易放弃呢？

修路和登山一样，都需要极大的勇气和顽强的毅力。

到目前为止，中国和尼泊尔境内的商业登山队都必须在修路完成后才可以向上攀登。为了让攀登者们能够实现登顶珠峰的梦想，修路队员们甘愿冒着生命危险，年复一年的在珠峰上开辟线路。攀登者们之所以能够顺

孙冕在攀登途中

利登顶珠峰，是许许多多的修路队员和向导用血汗甚至是生命换来的，他们都是最平凡的英雄。

在珠峰，比向导更难的工作是修路，因为整个路线都需要修路队员们冒着风雪和随时可能发生的冰崩、雪崩去开辟，即使这份工作充满未知的风险，我也依然选择勇往直前。

对于我来说，修路和带领客人攀登珠峰都是我热爱一生的工作，我会一直坚持下去，为攀登者们搭建最安全的线路，做好珠峰上的引路人，同时也在守护客人生命安全的同时尽全力帮助他们登上世界之巅。

登山
小常识

全球 14 座海拔 8000 米以上的山峰

1. 珠穆朗玛峰

珠穆朗玛峰是喜马拉雅山脉的主峰，又称圣母峰，世界第一高峰，海拔 8844.43 米。藏语“珠穆”是女神的意思，“朗玛”是第三的意思，珠峰附近还有四座山峰，珠峰位居第三，因此“珠穆朗玛”意为第三女神。

2. 乔戈里峰

乔戈里峰是喀喇昆仑山脉的主峰，又称“K2”，是世界第二高峰，海拔 8611 米。乔戈里，塔吉克语意为“高大雄伟”。

3. 干城章嘉峰

干城章嘉峰是全世界 14 座 8000 米高峰中位置最东的一座，世界第三高峰，海拔高度为 8586 米。它的名字有“雪中五宝”之意。

4. 洛子峰

洛子峰位于珠穆朗玛峰以南3千米处，世界第四高峰，海拔8516米。藏语意为“南面的山峰”，两峰之间隔着一条山坳，即通常所说的 南坳。

5. 马卡鲁峰

马卡鲁峰坐落在喜马拉雅山脉中段，其西北距珠穆朗玛峰24千米，世界第五高峰，海拔8463米。藏语意为黑色巨峰，因它在强风之下呈裸露状态的黑色山岩。

6. 卓奥友峰

卓奥友峰山势魁伟，巍然屹立于喜马拉雅山脉的中部，东距珠穆朗玛峰约30千米，主峰西侧是著名的兰巴拉山口—中尼边界上的高山通道，世界第六高峰，海拔8201米。卓奥友藏语意为大尊师。卓奥友峰有五条主山脊，峰体常年积雪，四周雪峰林立，层峦峰迭，十分壮观。

7. 道拉吉里峰

道拉吉峰位于喜马拉雅山脉中段的尼泊尔境内，东距珠穆朗玛峰约300千米，因其山势险恶，使人望而生畏，故又有“魔鬼峰”之称。世界第七高峰，海拔8172米。道拉吉里意为“白色的山”。

8. 马纳斯鲁峰

马纳斯鲁峰位于喜马拉雅山脉中段尼泊尔境内，距加德满都西北 120 千米处，世界第八高峰，海拔 8163 米。马纳斯鲁峰意为“平坦的地方”，用以描述其宽大的顶部。

9. 南伽・帕尔巴特峰

南迦帕尔巴特峰位于巴控克什米尔境内，是喜马拉雅山脉西端的最高峰，世界第九高峰，海拔 8125 米。南迦帕尔巴特峰的名字起源于梵语“ Nanga Parvata”，意为“裸露的山峰”，克什米尔人称之为“山中之王”。很多人相信，相对于所有的高峰而言，南迦帕尔巴特是最美的，抒情诗人对它的描绘更是令人神往的，然而在登山界它却被称之为“杀人的山”，它展现给世人的是一幕幕残酷的攀登史。

10. 安纳普尔纳峰

安纳布尔纳峰位于喜马拉雅山脉中段尼泊尔境内，世界第十高峰，海拔 8091 米 。

11. 迦舒布鲁姆 I 峰

迦舒布鲁姆 I 峰，位于喀喇昆仑山脉中段中国和巴基斯坦边境主脊线上，北侧属于中国新疆，南侧属于巴控克什米尔，世界

第十一高峰，海拔 8068 米，简称“G1”。

12. 布洛阿特峰

布洛阿特峰位于喀喇昆仑山脉乔戈里峰东南 8 千米处，世界第十二高峰，海拔 8047 米。布洛阿特峰在当地被称之为佛洛青日岗，意为“三尖山”，因为它的三条主山脊一共耸立着三座高峰，挺拔突兀，直刺蓝天。

13. 加舒尔布鲁木峰

加舒尔布鲁峰位于中巴边界线及喀喇昆仑山脉主脊线上，在乔戈里峰东南约 26 千米处，世界第十三高峰，海拔 8034 米 。

14. 希夏邦马峰

希夏邦马峰位于喜马拉雅山脉中段，在西藏聂拉木县境内，东南距珠穆朗玛峰 120 千米，是唯 一一座中国独立拥有的 8000 米级高峰，世界第十四高峰，海拔 8012 米。藏语是气候严寒、天气恶劣多变之意。

2011年
六旬老人成功登顶珠峰

2011年5月19日，珠峰海拔7790米处的大风口营地。

暮色降临，远处金黄的晚霞渐渐隐匿在天边，只留下一丝丝微弱的光芒透过云层照耀下来，整个世界变得安静起来。只有阵阵刺骨的寒风从山间呼啸而来，在帐篷外面肆意侵袭，似乎在诉说着自己的愤怒和不满。

我站在帐篷外面，和另一名队员用绳子和岩石钉加固帐篷，以防被风吹走。今晚的风很大，整个大风口营地只有我和另外两名队员住在这里，同行登顶的其他队员，都已经陆陆续续下撤到海拔6500米的前进营地。按照我们多年的经验，即使再晚，也要下撤到海拔7028米的北坳营地住宿，而不会选择留在海拔7790米的大风口营地。

海拔7790米处的大风口，是珠峰北坡传统攀登路线的难点。对于北坡传统路线的攀登者而言，降雪并不是最大的威胁，强烈的高空风才是。大风口长年高风肆虐，猛烈的寒风吹得人站立不稳，每走一步都异常艰难，大大增加了攀登的难度。

这是我第一次带领队员下撤到大风口营地，以往我们都是直接下撤到

上　险峻的大风口营地
下　行进在冰川地段

北坳营地或前进营地。这一次情况特殊，我带的队员年龄太大，体能较差，考虑到他的身体状况，我只能带着他住在大风口营地。高海拔上，氧气含量低，吃的东西比较简单，主要是压缩干粮和方便面，好在他还能适应，没有出现其他状况。

他叫黄炎良，61 岁，来自香港，是一名攀岩教练，也是我目前带的年龄最大的一位队员。世界上登顶珠峰年纪最大的两位男女队员都来自日本，一位 81 岁的男队员，一位 73 岁的女队员。

第一次见到他的时候，我对他既敬佩又担忧。我佩服他的勇气，花甲之年还能有如此雄心壮志，同时我也担心他的体力能否跟得上队伍的节奏。虽然他本身是一名攀岩教练，但毕竟年事已高，珠峰之上困难重重，要想登顶并非易事。

考虑到他的实际情况，我们整个团队决定对他进行各方面的测试。在海拔 6500 米处，我们对他的身体状况进行了测试，除了体能弱、走得慢之外，其他方面并没有多大的问题。之后我们和他进行了沟通，告诉他在登山过程中会遇到的困难、突发状况，让他提前有个心理准备。他似乎并不在意这些，反而斗志昂扬地对我们说道：“没关系，我能坚持，只不过要辛苦你们这些向导啦。”

出于好奇，我疑惑地问道：“一般来攀登珠峰的，都是比较年轻的攀登者，为何你会选择在花甲之年来攀登珠峰？”

他抬头看向远处的珠峰，说道：“攀登珠峰是我一直以来的梦想，但实现梦想离不开经济的支撑。年轻的时候我一直在创业，攀登珠峰的梦想也就因此被搁置了。不过，现在也不晚，相信有你们的帮助，我一定能实

珠峰大本营上段的冰湖

现这个梦想。”

5月15日，我带着他从珠峰大本营出发，到达海拔6500米的前进营地。因为年龄比较大，抗高反能力、体能等与年轻人相比要差很多，所以他的步子走得很慢，每走一段路就要停下来歇一会儿，同样的路程，他花费的时间会更多一些，总是要比同时出发的队友晚半个小时到达营地。

到达前进营地时，他显得很疲惫，坐在帐篷里大口大口喘着粗气，我担心他的身体出现状况，便问道：“你感觉怎么样？有没有哪里不舒服？”

他轻轻地摇了摇头说道：“没事儿，只是有点累，休息一会儿就好了，不用太担心。”

同行者

我从背包里拿出医疗设备给他检查身体状况，测量了血压、心跳和血氧饱和度。这项工作从出发登顶到结束下撤，都是每天必须要做的，以保证他的身体情况处于一个健康的范围之内。

在前进营地休息了一晚后，第二天一早我们就整装出发。为了让他能稍微轻松一点攀登，我主动帮他分担了部分负重。知道他的体力不好，行动缓慢，一路上，我陪着他在队伍后面慢慢走着，以便让他逐渐适应越来越高的海拔，找到自己的攀登节奏。

穿越北坳大冰壁的时候，黄炎良的步伐慢了许多。北坳曾是传统路线上的第一个天险，去北坳最大的考验就是相对高差达400多米的大冰墙。给人带来的不仅仅是心灵上的震撼，还有随时随地可能发生的冰崩和雪崩，

登山梯

在冰壁上攀登，稍不注意就会滑坠数百米，死亡的威胁时刻席卷着每位攀登者的内心。

这里的高空风侵扰非常强烈，沿途布满了深浅不一的明暗冰缝，攀登尤为困难。我带着黄炎良慢慢向上攀登，同行的队员都已经超过我们很远了，我不时回头察看黄炎良的情况，担心他会坚持不住，所幸他只是行动缓慢，并没有出现其他状况。

在冰墙上行走，很容易打滑，我时刻叮嘱他要抓紧安全绳。凛冽的寒风从高空袭来，将冰壁上的冰粒吹起，我们的风雪镜瞬间变成了雾蒙蒙的一片。为了抵御寒风，我们只能弯腰行走，有时大风袭来，脚下突然打滑下坠，好在有路绳的保护，滑坠并不太远。经过几个小时的长途跋涉，我

黄炎良在攀登途中

们艰难地抵达了海拔 7028 米的北坳营地。虽然再次比同行的其他队员晚了半个小时，但好在一切顺利。

我与黄炎良住在一个帐篷里，刚到营地，我立马拿出医疗设备为他检查身体状况，血压一切正常，或许是因为攀爬冰壁太累的缘故，他的心跳稍微有点快，不过很快便恢复正常。我从背包里拿出压缩干粮递给他，问道：“今天攀登大冰壁，感觉怎么样？”

他面带微笑地回复我说：“虽然很累，但很刺激，好在我们成功攀登上来了。”

考虑到我们每次都比其他队员晚半个小时到达营地，担心到了高海拔、低温度、低氧气的高寒地带，他的速度会更慢，在路上耽搁的时间更长，对他的身体更不利，我向他提议道："明天我们要去往海拔更高的地带，越往上，环境越恶劣，危险性也就越高。考虑到你的年龄以及身体状况，不宜在路上耽搁太久，所以明天我们两个人提前半个小时出发，慢慢往上走，这样我们就能与其他队员同时到达营地，你觉得怎么样？"

听了我的建议，他点了点头，说："可以，扎西，我同意你的建议，明天我们两个提前半个小时出发吧。"

翌日一早，其他队员还没起床，我和黄炎良就背着背包提前出发了。我们从海拔 7028 米一直往海拔 8300 米处攀登，越往上，风越大，温度越低。因为他的年龄太大，与年轻人相比血液循环缓慢，在海拔更高的高寒地带非常容易冻伤。

一路上，我时刻担心着他的身体状况，基本上每隔半个小时左右，就要检查他的手指情况，摸一摸他手掌的温度，看看手指有没有被冻僵或冻伤，然后再问问他有没有不舒服的地方，脚凉不凉，头晕不晕，观察他的表情、眼神有没有异样，就这样，我一路不停地问，不停地检查，终于在 5 月 19 日那天与其他队员一起到达了海拔 8300 米处的突击营地。

在海拔 8300 米处，看着其他队员相继到达了突击营地，他虽然疲惫，却很开心，满脸兴奋地对我说："扎西，这次我们两个人终于不是最后到达营地的了，明天冲顶，我们依然提前半个小时出发吧，我要跟他们一起登顶珠峰。"

看着他如此斗志昂扬，我内心很是欣慰。一路攀登上来，他只是速度比其他队员慢一些，身体却没有出现任何不适状况。

马卡鲁朝霞

我抬头看着他说："没问题，我们提前半个小时出发，一定可以与其他队员一同登顶。明天就是冲顶的关键时期，我们凌晨就得出发，今晚好好休息，保持体力。"

5 月 20 日凌晨，世界一片漆黑，周围的雪山还在沉睡之中。帐篷里，我再次拿出医疗设备给黄炎良检查身体，一切指标显示正常。检查完毕，我们背上背包出发了。海拔 8000 米以上，空气稀薄，体能差、高山适应能力差的人对氧气的需求更加旺盛，我担心冲顶时黄炎良的氧气消耗大，氧气不够用，出发前我特地多准备了一瓶氧气，以备不时之需。

从海拔 8300 米到顶峰，攀登的路段主要是一个垂直的山崖，有三个著名的台阶，道路狭窄陡峭，旁边就是深不见底的悬崖，攀登时必须牢牢抓紧路绳，难度非常大。为了保证黄炎良的安全，我将他的安全绳与我的绳子扣在一起，用这种命连命的方式带着他一步一步艰难地向上攀登。

冲顶过程中，我不停地询问他的身体状况，问他要不要休息，氧气还够不够，需不需要替换氧气，他摇摇头，坚定地告诉我，他能坚持住。

我带着他继续往上走，珠峰的第一台阶和第二台阶是难度最大的，我以为他会上不去，没想到他很容易就上去了，他以前是香港的攀岩教练，在岩石攀登方面有优势，踩着台阶一步就上去了，非常顺利。到了第三台阶后，他的速度与其他队员相差不大，中间只相差了五分钟左右就顺利登顶珠峰，终于圆了他的梦想。

在珠峰顶上，他十分兴奋，看着脚下的风景，他感激地对我说："扎西，谢谢你，帮我圆了我的梦想。"

我用相机帮他拍了照片留作纪念，当天我们就下撤到海拔 7790 米的大风口营地。5 月 21 日，早上八点半左右，我给他泡了一杯咖啡，做了一点吃的，就开始慢慢往下撤，下午左右，我们便下撤到了前进营地。

本以为和黄炎良的缘分就此为止，没想到 2015 年他的妻子也来到西藏，让我带她登山。他的妻子是香港的一个教授，年龄已是 60 多岁，也很喜欢爬山。因为我曾带领她的丈夫顺利登顶珠峰，于是她便要求让我当她的向导，那年我带领她顺利攀登了一座海拔 7000 多米的雪山。后来他们夫妻俩还共同攀登了北美最高峰麦金利雪山等。

人生因为有梦想才会更精彩。这是我第一次带领这么大年龄的人登顶珠峰，给我心灵上的触动是巨大的。我佩服他坚持梦想的勇气和毅力，这种精神将会一直延续到我今后的攀登生涯中。

2012年
目标清晰而坚定的香港企业家登顶珠峰

当你56岁的时候，打算做些什么呢？

是提前退休安享晚年？还是继续兢兢业业地工作？又或者是去追求自己年轻时未能实现的梦想？

对于这个问题，有人给出了与众不同的答案。

这个人就是2012年我带的客户——莫悦宁，一名来自香港的企业家，平谦国际有限公司董事长。

2003年，万科创始人王石登顶珠峰后，国内掀起了企业家登珠峰的热潮。人们都说登珠峰是一项充满风险的极限运动，据统计，到2019年为止，已经有300多人长眠在这座雪山，但是这并没有让企业家们望而却步。时至今日，挑战过珠峰的中国企业家不在少数，像郁亮、史玉柱等，但莫悦宁是我带的第一位企业家，因此给我留下了深刻的印象。在我看来，企业家们之所以有勇气攀登珠峰，不是因为他们内心没有恐惧，而是他们有勇气战胜自己内心的胆怯，去挑战每一种可能。

莫悦宁与珠峰的缘分开始于2002年。那一年，北京大学山鹰社的5名登山队员在攀登希夏邦马西峰的过程中遇难，这让莫悦宁第一次对雪山产生了敬畏。后来他又在《三联生活周刊》上看到一篇文章，讲述北京寺庙的一位师父在没有协作帮助、资金困难和物资简陋等情况下，成功登上珠穆朗玛峰的故事。文章中写道:“一个是心态，我没有什么欲望，我只是亲近山，我不会紧张也不会恐惧……我注重过程，我的心灵很安宁。如果现在我银行里有 5 万元存款，我会把希夏邦马峰和卓奥友峰都爬下来。”当时，他深受触动，非常认同那位师父“和山亲近”的理念，也产生了想要去攀登珠峰的念头，但想到海拔 8844.43 多米的高度，他觉得自己无法战胜严重的高原反应和长时间的缺氧，攀登珠峰的想法便不了了之。

2004 年，他和朋友相约去拉萨游玩，那是莫悦宁首次进藏，在通过全程高原反应最厉害、海拔最高的唐古拉山口（海拔 5200 米）时，因意外情况在那里停留了一个多小时。那一次莫悦宁偶然发现，和大部分高反严重甚至不能下车停留的游客相比，自己并没有明显的高原反应，这让他很兴奋，也让他最终下定决心，他要登顶珠峰。

下定决心之后，他开始思考该如何去实现这一目标，对于从未有过山峰攀登经验的他来说绝非易事，也不可能一蹴而就，必须循序渐进。他是一个非常严谨且目标明确的人，并且一旦确定了目标就会坚定地去实现。

要想攀登珠峰，高海拔的适应能力是关键，因此他决定用三年的时间做前期的海拔适应性训练，先从珠峰相对较低的海拔开始攀登：

2006 年，第一次上珠峰，目标 6500 米，到达 6500 米；

2007 年，二上珠峰，目标 7028 米，到达 7028 米；

莫悦宁在珠峰上前行

2009年，三上珠峰，目标8300米，到达8300米。

那三年，他都严格按照自己的计划来执行，比如第三年目标是海拔8300米，到达之后他就会往下撤，不会像其他人一样，觉得既然已经攀登上来，不如一鼓作气冲顶。在他看来，一味地逞强和求胜是成功的障碍。

三年计划完成后，他开始了冲顶珠峰前的体能训练。

2011年10月，他登顶海拔6201米的西藏启孜峰。同年12月底，他在尼泊尔安纳普尔纳山区进行徒步五天的体能训练……

到2012年4月，莫悦宁顺利完成了所有的训练计划。万事俱备，于是他收拾行装前往拉萨，准备四上珠峰，那一年他56岁。

2012年3月29日，莫悦宁抵达拉萨。经过一番商讨，我们考虑到他的年龄和身体状况，而且他的生活习惯和藏族人不太一样，最终决定为他单独组建团队。除了从2006年起就随他一起攀登的王勇敢，还安排了5名协作和4名副协作，以及厨师、医生等6名后勤人员，一共17人。其中有两名高山摄影师，专门负责给他拍照。他同时给我们每个向导发了一个傻瓜相机，让我们随便拍，回到大本营时有评比照片的奖励活动，一切安排妥当之后，我们就正式出发了。

4月4日，我们到达珠峰大本营。正常情况下，高山向导登顶珠峰使用的背包容量一般是70升的，重量在20～25千克，客户的背包一般是50～60升，重量在5千克左右，因为他年龄比较大，所以只需要背自己的氧气和一些小物品，其他都由我来背。

5月12日，我们从大本营出发前往海拔5800米的中间营地。因为海拔相对较低，这一段的攀登过程也比较顺利。

5月13日，我们到达海拔6500米的前进营地，等候天气适宜之后再继续向上攀登。这一段路地理位置呈非常独特的S形，东面是海拔7016米的拉巴日（向东峰），南面是珠峰北坡，西面是海拔7541米的章子峰，仅仅在北面留出一个S形出入口，因此整个营地氧气稀少。这里曾因为高反强烈、击倒不少攀登者而被称作“魔鬼地带”。

行进到这里时，考虑到他年龄比较大，而且之前攀登的经验也不是很丰富，我一直密切关注着他的身体和精神状况。当时他的状态还不错，体力也跟得上，这让我稍稍松了一口气。

5月16日，我们开始从海拔6500米的前进营地出发，并在下午到达海拔 7028 米的北坳营地。这里风特别大，而且搭建帐篷的时候是无法避开风口的，只能多打几个钉子让帐篷更加固定，这样才不容易被风吹倒。

“之前攀登到这里的时候，没多久我就开始感到有些体力不支了，呼吸也很困难。”帐篷固定妥当之后，他在帐篷里对我说。

“海拔 7000 米以上，一般的客户都是需要吸氧的，待会我把氧气瓶拿给你，不用担心。”

“好，辛苦了，扎西。”

那天晚上，莫悦宁开始吸氧。

5 月 17 日，我们到达海拔 7790 米的大风口营地，中间经过海拔 7400 米到 7600 米路段，那里是个大风口，积不住雪，全是风化的石头。

5 月 18 日，我们到达海拔 8300 米的突击营地，这段路坡度相对较陡，也很消耗体力。到了海拔 8000 米以上，我们每隔一两个小时，就要对他的血压、心跳和血氧饱和度进行监测，因为这段路是最容易出现身体状况的，要格外小心。

一直到晚上，莫悦宁的身体状况都比较稳定，于是 5 月 19 日凌晨，我带着他出发去冲顶。珠峰冲顶和之前的攀登不一样，必须要等待好的天气，也就是风最小的时候。我们出发时周围一片漆黑，看不到四周的万丈深渊，只有头灯照亮前面的路，反倒不那么让人害怕。

沿途经过著名的珠峰第一台阶、第二台阶、第三台阶以及海拔 8800 米处的横切，我们都顺利通过。

终于，在5月19日7点55分，我们成功登顶珠峰！

站在世界之巅，看着太阳缓缓升起，一座座漂浮于云海中的山峰在阳光的照耀下逐渐苏醒，微风徐徐地吹拂在山巅之上。

莫悦宁对我说，他感到自己的心灵也在这神圣的世界之巅得到了净化。我看到他静静地注视着远方，露出了久违的笑容，然后他从背包中取出国旗和他的企业旗帜，插在雪山上拍照留念，并且还请我帮忙拍下了他挥舞旗子的照片。

照片拍摄完毕后，莫悦宁摘下面巾，他的脸因为长时间攀登和登顶后的兴奋而变得通红，他告诉我："在来西藏之前，我最大的梦想就是登顶珠峰，现在我实现了！下一个最新的目标就是考进北大读博士！"

听完之后，我发自内心地为他感到高兴。因为在人生的路上，他一直有着清晰的目标并且不断为之努力奋斗，而他的目标也一个接一个得以实现。同时我也为自己高兴，因为我又一次帮助我的客人实现了登上世界之巅的梦想，没有辜负他们对我的信任。

短暂的休息之后，我们开始下撤。

5月19日下午，我们下撤到8300米突击营地。但这还不算结束，因为在珠峰攀登历史上，登顶不算最后的成功，只有平安下撤到安全海拔，才是成功。

5月20日晚上7点，我们下撤到海拔6500米的前进营地，并且开始向外报告我们登顶的好消息。

5月21日，我们下撤到珠峰大本营。莫悦宁以事先说定的规则评比照片，每通过一张可以获得10元钱的奖励。那天奖金最高的得了5000元，奖金最低的一位向导只有10元钱，莫悦宁问这位向导："你准备怎么花这十元钱呢？"

这位向导说："没有什么特别的准备，就买东西用。"

莫悦宁微微一笑，很郑重地告诉向导："你错了，你想一下，为什么有人拿到了5000元，大部分人都拿到了1000多元，而你只有10元钱？你应该回去买一个相框，把这10元钱挂在床头，每天看一下、想一次，这10元钱应该是给你最大的鼓励。"

这件事给我的印象很深，在后来的工作中，我学会了用高标准要求自己，并努力达成。

5月22日早上8点，我们从大本营出发返回拉萨。

5月23日，我们在拉萨举办了庆功会。闲聊中，我问他："为什么那么多企业家都想来攀登珠峰？"

他微笑着看着我，理了理衣衫，缓缓说道：

"别人我并不了解，但是我认为，企业若想做到基业长青，就必须时刻保持危机感，并且拥有清晰而明确的目标。在攀登珠峰这样的极限运动中，企业家们能不断地体验到恐惧和危机感，这就是对他们意志的锻炼。在克服恐惧、脱离险境之后，人的内心会拥有更积极的心理力量，面对人生和困境也会更加坚强、自信，这就是珠峰带给企业家的强大精神力量。"

登山途中的莫悦宁

“除此之外，充满风险的高海拔攀登可以教会人坦然面对死亡，有了这种坦然，人才能更好地活在这个世上，直面曾经回避而又必须面对的问题，做事情也会更坦然、平和。”

莫悦宁的一席话，给我上了宝贵的一课，他的那次攀登经历也给我带来很深的触动。他让我明白，一个人只要拥有清晰明确的目标并且专注地去执行，就一定能够取得成功，并且在努力的过程中，你会不断感受到自身的成长与蜕变。

5 月 24 日，莫悦宁登上从拉萨飞往成都的飞机，开始了他的另一段逐梦之旅——去北大读书。

6 月 20 日，他如愿接到北大哲学系的博士研究生入学通知。

对于很多人来说，登顶珠峰不仅仅是实现梦想的过程，也是磨炼意志、挑战自己的过程。

置身于世界之巅，俯瞰着笼罩在云海中大大小小的山峰，人类尚且只是沧海一粟，更何况是我们在生活中遇到的那些困境和挫折呢？我们每个人都应该像莫悦宁一样，时刻明确自己的目标，并且坚定地去执行。

我也相信，凡成功者，必对自己的人生有清晰且明确的规划。

2013年
超越物种的营救

生命至上，这是我作为一名向导的人生准则。

在海拔6500米的高峰，人的生存变得异常艰难，而当一头运送物资的牦牛不慎失足掉进海拔6400米的冰窟时，我们又将作何选择？

牦牛是队伍中的一员

在攀登珠峰的路途中，常常可以看见一队队牦牛和攀登者一道行走在崇山峻岭之间，来来回回，一趟又一趟搬运人们所需要的各种物资。

登山考验的不单是登山者和探险家，还有一路随行的牦牛队。越往上走，线路越来越陡，前面是万年冰川，身后是万丈悬崖，脚下还要留心裂开的冰缝，生死就在那一不留神的瞬间，每一个生命都承受着与死亡共舞的极限心理压力。海拔6500米是牦牛所能到达的极限高度，与人一样，在高海拔地区，牦牛也会出现高原反应，加上山路崎岖陡峭，更是增加了不少危险。

在高原地区，藏族同胞们对牦牛有着特殊的感情。它不仅只是作为运输

运送物资的牦牛

工具而存在，牧民们穿的藏家高靴和风衣，是牛皮牛毛经过加工制成的；吃的肉奶制品，是牦牛提供的；住的牛毛帐篷，是用牛皮绳具和牛皮口袋搭建的；出门乘骑、驮货运物，依靠的也是牦牛。除此之外，高原上的主要燃料也是牦牛的粪便。更重要的是，牦牛忠诚、尽职尽责、坚忍不拔的秉性和彪悍的形象里浓缩着藏族人民的精神性格，二者的性情在某种程度上是相互契合的。牦牛心肺功能很强，驮上沉重的物资能一口气爬上海拔 6500 多米的高峰。不管道路如何艰险陡峭，身上的货物如何沉重，它们总是能沿着既定的目标，一步一步地向前迈进，在高原的道路上留下一行行深深的蹄印。

对于登山爱好者来说，除了需要适应高原气候，还要依靠各种物资，才能顺利完成攀登。高海拔之上，直升机的爬升高度虽然最高可达上万米，但由于珠峰复杂的地形和上空多变的气流气压，通过直升机来运送物资和参与救援是一件非常困难的事，这时候，耐寒、勤劳的牦牛就被派上了用场。

在登山之前，赶牦牛的“雅巴”（藏族人对赶牦牛的人的称呼）会给牦牛准备好糌粑团子。高山上没有可够食用的草料，这些糌粑团子以备不时之需。每头牦牛驮运物资的重量都有严格规定，如果所运物资超过了其身体的承受能力，在运输途中也会出现意外。

海拔 6500 米以上的高原是牦牛的生命禁区，由于海拔太高，牦牛也会出现高原反应。有经验的向导和雅巴都知道，如果牦牛只吃雪，不喝水也不吃草，这就是牦牛高反的症状，应该及时将牦牛下撤。

在长期的生活和劳动中，牦牛与藏族同胞们建立起了深厚的感情。在藏族同胞们看来，牦牛不是动物，而是伙伴，是队伍中的一员。

在藏族同胞眼里，牦牛不吃脏草，不喝脏水，拉出来的牛粪也是干净、无污染、无异味的。藏族同胞会用牦牛粪烘烤大饼，用牦牛粪烤出来的大饼更是别有一番滋味。除此之外，牦牛粪的去污性非常好，一些藏族同胞还会把牦牛粪当刷子，用来洗碗。

在我们看来，牦牛粪是一种非常绿色、环保的燃料，能够促进自然循环。在 −30 ℃的青藏高原，牦牛粪是温暖的象征，牧民做饭、烧水、取暖，都离不开牦牛粪。西藏是世界上平均海拔最高的地区，高海拔、低氧气的环境不利于燃料的燃烧，一般的燃料容易出现因缺氧而燃烧不全的情况，牦牛粪中蕴含的纤维性疏松物质，与空气接触面积大，对藏族同胞而言，是非常难得的燃料。

多数藏族同胞甚至会跋山涉水去找牦牛粪，将牦牛粪收集起来，堆在自家门口晾晒。一座座堆积起来的牦牛粪垛，远远看去就像是一座座小宝塔，守护着生活在这里的牧民们。晒干后的牦牛粪质地干燥，携带轻便，藏区的游牧民族需要根据季节变化四处移动，更换牧场，轻便的牦牛粪便是最易携带的燃料。

在普通人眼里，牛粪是脏的，但在藏族同胞眼里，牦牛粪却是无比圣洁、环保，因为这是藏族同胞们最忠诚的朋友——牦牛，为我们奉献的最珍贵的礼物。

向导中的向导

突然，从队伍后面传来“刺啦”一声闷响，紧接着就是人们“啊呀”的惊叫声，我回头一看，人们已围拢在一处冰缝周围，朝缝隙下方张望，一头牦牛只露出脑袋和前半截身子。

那一瞬间，我知道，牦牛遇险了。

这头黑色的牦牛，跟随我们已经十多年了，早已成了我心中忠实的队友和伙伴。没有了它，不但物资运输成了困难，而且从感情上讲，我也不愿抛下它。我们既像伙伴，又像战友，在不经意之间已经培养出了共同的默契，建立了深厚的感情。

我对这头牦牛的印象非常深刻，它总是默默地跟随着队伍向上攀登，不会像其他牦牛那样，有时会脱离路线。虽然它不会说话，但它从不排斥与人亲近，它的眼神里闪耀着仁慈、忠诚和坚定的光芒，脚步也很稳健。

牦牛工

它和我已经合作过很多次了，每次它都安全无误地将物资运送到所需的营地，我对它很是信任，它也乐于与我亲近。

登山过程中，最大的困难是孤独。在无处倾诉、没人说话的时候，我会轻轻地抚摸着牦牛的鼻子，说一些话："哎，伙计，你说咱能赶在天黑之前下山吗？"

"我说你呀，也应该到珠峰顶上去一次，不然活着还有啥意思？一辈子都没去过峰顶！"

"这次多亏了你，老伙计，辛苦了……"

…………

看着牦牛行进困难，我会轻轻地拍打着它的耳朵，鼓励它加油。这时候，牦牛就会听话似的摆摆头，抖擞抖擞毛发，继续向前。有时候，我会主动从它背上转运一些物资到自己的肩上，以减轻它的负重。每当这时候，牦牛就会用一种感激的眼神望着我。

我拍拍它的耳朵，说道："伙计，咱走吧！前面的路还长着呢！"

有时候，我实在走不动了，牦牛就会靠过来，用身子不断地蹭着我，那意思好像在说："伙计，你走不动了，把你的东西都给我吧！"

这时候，我就会卸下肩上的一些重物，放在牦牛的肩上。

记得有一次，这头牦牛因为超负荷运输，刚回到营地，就"噗通"一声跪倒在雪地上，不停地打着响鼻。我内疚不已，心疼地抚摸着它那闪闪发亮的角，哽咽着说道：“哎，伙计，不该把你累成这样的……”

空闲的时候，我会给它梳理毛发，给它添加草料。

牦牛有识途的本领，善走陡坡险路、雪山沼泽，能游渡江河激流，能避开陷阱择路而行，是向导中的向导。然而，智者千虑必有一失，这一次，牦牛竟然少有的“牛失前蹄”，陷入了冰缝。

15 个队友围在冰缝周围，刚开始大家的意见一致：赶紧救它上来。然而，当大伙仔细观察后才发现，要想将牦牛救上来几乎不可能，纷纷摇头表示放弃。

人命重要，还是牦牛命重要?

原来，牦牛掉入的这个冰缝很深，在牦牛的下方，是深不见底的裂缝，此时牦牛庞大的身躯卡在中间，进退两难。如果贸然营救，不但无法将它营救上来，很有可能还会搭上营救者的性命。

牦牛被卡在洞口，四蹄腾空，不停地挣扎。我走过去，用手轻轻地抚摸着它的鼻子，说道：“伙计，不要动，安静，安静——”

无望的挣扎，只会越陷越深，万一掉入更深的缝隙，那就彻底没希望了，现在，牦牛的头部和前半截身躯好歹还卡在外面。

听了我的话，牦牛果然安静了下来。它瞪大了铜铃般的眼睛，定定地

掉进冰缝中的牦牛

看着我，眼眶里蓄满了泪水，好像在说：“伙计，救救我——”

如果是在海拔低一些的地方，营救牦牛会相对简单，比如找一辆吊车，用绳索将牦牛的身躯捆扎好后，就能轻而易举地将牦牛给拉出来。

但这里是海拔 6500 米的高原地带，也是牦牛生存的极限高度，要想将牦牛救出来，唯一的办法只能靠人力。

然而，这头重达六七百千克的牦牛又被卡在冰缝中，我们这 15 个人，怎么救它？

时间在一分一秒地流逝。这时候，队伍里出现了不一样的声音。

反对营救的人认为，高原上的天气变幻无常，在原地待的时间越久，生命的危险性就越大。更何况，大家还有任务在身，如果队伍停下来援救牦牛，那么登山行动只能暂停，如果错过了冲顶的最佳时间，就得不偿失了。

更何况，再往上走，就是海拔 6500 米以上的地区了，在这样的地区，牦牛根本就上不去。今天，这头牦牛意外地卡在了冰缝里，也算是冥冥之中它自己的宿命，活该走到生命的尽头。

队伍沉默了。

我对此提出了反对意见，我说一定会有办法将牦牛给救出来，只是一时半会没想到合适的办法。

就在双方争论的过程中，天气突然变了。刚才还晴朗无云的天空，现在已是乌云密布，富有经验的向导一看就知道，一场暴风雪就要来临了。

这时候，人群里反对的声音更大了："赶紧走吧，现在是泥菩萨过河——自身难保，哪里还管得了一头牛？牦牛虽然重要，但人命更重要！"

天空突然闪现的惊雷，让卡在困境里的牦牛受到惊吓，它不禁又挣扎了几下，想要爬出来，但没想到冰缝两边的冰并不像岩石那样坚固，牦牛的力量本就非常强大，此时，冰缝在牦牛的挣扎下，被撑得越来越大，人们最不愿看到的事情发生了——牦牛的身子又往冰缝深处下坠了一截。现在，只剩下一个头露在外面了。

情势危急，必须马上想办法营救，不然后果不堪设想！

生命至上

危急时刻，我突然灵机一动：背包里不是有登山绳么？想到这里，我赶紧放下背包，取出背包绳，又让随行的其他两个雅巴也取出登山绳。

雅巴与牦牛相处的时间最多，他们的主要工作是赶着牦牛把雇主的物资安全送到营地，下山之后他们便能拿到相应的报酬，可以说是牦牛给了他们谋生的机会和条件。失去了牦牛，就等于失去了生活来源。我熟悉这头牦牛，也熟悉这些赶牦牛的雅巴。

此时，我已经想出了营救的办法，将绳索套在牦牛身上，采用绳结攀升的方式进行救援。以前，我们曾经采用这种方法救过人，但从未救过一头重达几百千克的牦牛。

接下来的问题是：脚下是深不见底的冰缝，如何才能将绳索套在牦牛身上？我决定亲自下到冰缝中，给牦牛套上绳子。

当我作出这个决定的时候，队伍有人连连摇头，都说我疯了。牦牛是活的，万一在下去的途中，它一番挣扎，很可能会连人带牦牛一起坠入万年冰缝，而且冰层复杂，各种意想不到的危险随时可能发生。

我先将绳索套在自己身上，然后对同伴说："你们在外面拉住我身上的绳索，我下去给牦牛套上绳索。"

见我执意要下去，同伴们也只好行动起来，通过绳索将我一点一点地放入冰缝中。进入冰缝之后，我将另一条绳子绑在牦牛身上，然后与上面的其他人员相互配合，一齐使劲。

营救牦牛成功

此时，瓢泼大雨落了下来，气温骤降，给营救工作平添了不小的难度。

这头被困的牦牛似乎意识到自己即将得救，在整个上升的过程中都很温顺，没有再挣扎。就这样，采用绳结救援的方式，大伙花了 3 个多小时，终于成功救出了被困的牦牛。

在脚掌接触到地面的那一刻，得救后的牦牛瞬间恢复了活力，在原地来回走了好几圈，不停地用角蹭着我的腿，好像在说："伙计，今天实在是谢谢你了！"

队伍里，爆发出一阵热烈的掌声。

我不停地抚摸着牦牛的鼻子，哽咽着说道："好了，老伙计，下次可得小心了！”

这一次援救牦牛行动，对在场的每个人而言都是一次宝贵的回忆。生命至上，是我作为一名向导的人生信条。这里的生命，不只是指人的生命，一花一世界，一叶一菩提，万物有灵，生命不分大小，生命的价值也没有高低贵贱之分。

直到今天，这头牦牛依旧在自己的岗位上默默奉献着，仍旧往返于6500 米处的高峰进行物资运输工作。

登山
小常识

“雪域之舟”牦牛

藏族有句谚语：“没有牦牛就没有藏族，而有藏族的地方，就有牦牛的身影。”

可以说，藏族驯养了牦牛，牦牛养育了藏族。

数千年来，牦牛与藏族人民相伴相随。尽其所能成就藏族人民的衣、食、住、运、烧、耕各方面，影响了藏族人民的精神性格。憨厚、忠诚、坚韧的“雪域之舟”不仅是藏族家庭的一员，更是藏族人民的精神图腾和信仰。

牦牛作为高原的运输工具，至少可以追溯到2000多年前。在西藏阿里的象雄遗址处就曾发现牦牛驮鞍的残片。2000多年来，牦牛驮着牧人的家，四处游牧，甚至在古代战争中，牦牛还成为勇士们的坐骑。就连如今人们攀登珠峰，也是先由牦牛把登山物资驮运到海拔6500米的前进营地。

2013年

海拔最高处的绝地救援

在海拔8600米的地方，人类从来没有过救援的先例。然而，奇迹也是由人来创造的，如果情况迫不得已，需要有人来创造奇迹，我希望那个人是我……

山在那里，死神也在那里

2013年5月17日，我加入西藏圣山登山探险公司组织的菜鸟珠峰登山队，并担任A组的攀登队长。当时一共有9个人，除了向导以外其余都是企业家，所有登山成员被分成A、B两组，A组的组长是万科集团的郁亮，也就是我那一年的客户，他对于环保的要求非常严格，给我留下了深刻的印象。

在海拔6500米的前进营地，水源是一大难题。向导先到冰川里面去挖冰，然后把冰搬到营地进行融化。他知道这个水来之不易，特意叮嘱每一位队员都要节约用水，循环使用，当时还规定了一个很科学的方法：首先用洗脸的水来洗脚，再用洗脚的水来洗袜子（高海拔地区不允许洗头，只有在大本营可以洗），除此以外，吃饭的时候不允许使用一次性筷子，非一次性筷

郁亮在珠穆朗玛峰峰顶

子也要洗干净放在自己的饭盒里面。

“冰融化需要用煤气烧，煤气从拉萨运到海拔5200米的大本营，再通过牦牛运输，才能到达海拔6500米的前进营地，而且牦牛一次只能运两罐煤气，一罐煤气重10千克，整个过程很辛苦，喜马拉雅的水资源也有限，所以你们每个人都要注重节约和环保。”郁亮给队员们讲道。

郁亮身上的环保精神让我很感动，同时，他也非常注重每一个队员的身体情况，每天都要检查，不管对自己还是队员都严格要求。

原本我对那次攀登充满信心，然而之后发生的一件事至今想起仍让人觉得惊心动魄……

那一年，一位中年队员分到了 A 组。之后，A 组成员登顶成功，这位队员特地通过对讲机向总指挥分享他登顶成功的喜讯，说很快他们就能见面了。他曾经无数次想象过站在峰顶的感觉，然而，当他真正站在世界之巅时，望着眼前的群峰，他没有了征服感，只感觉到人类在大自然面前的渺小。

在山顶休息了 20 分钟，A 组所有成员开始下撤。当下撤到海拔 8600 米的高度时，那位中年队员突然身体开始发抖，心跳加速，并伴随着剧烈的疼痛。突如其来的不适，使他紧紧地捂住胸口，颓然地跌坐在地。他感觉脑袋像要炸裂一般，心脏仿佛要跳出胸膛，身体越来越冷，四肢越来越僵硬……心里隐隐升起一种不祥的预感。他不知道自己身体到底出了什么问题，但直觉告诉他这并不是一个好的征兆。白色的冰川在阳光的照射下散发出刺眼的光芒，却感受不到丝毫的暖意，恐惧和寒冷瞬间包裹着他的身心。

他想要赶快下撤，离开这个令无数人神往的高峰。随行向导察觉到他的异常，上前询问他的情况。他干裂的嘴唇一张一合，却发不出一点声音，他不知道该如何讲述自己的情况，也说不上来，他只能双手紧紧握住向导的臂膀，艰难地说道："我……想休息会……"

向导同意了他的请求。但此时，大家都知道，在如此高海拔的地区，有时候，休息就意味着永远地躺下。

在珠峰海拔 8550 米处的高山雪地里，中年客户正无力地躺在那里，嘴里喃喃地不知道在说些什么。从山顶下撤途中，他开始头痛、呕吐，神志不清，情绪也躁动不安，不时嚷嚷着要摘下氧气面罩。随行的 3 名向导根据多年的登山经验，判断他患上了突发性脑水肿。

脑水肿是登山探险者的生命杀手，若得不到及时治疗，会危及患者的生命。此时的他生命垂危，躺在冰冷的雪地上不能动弹，孤独和死亡的气息紧紧包围着他。他想站起来，但全身没有丝毫的力气，他记不清自己是如何倒下的，看着周围的万年冰川和不远处的万丈悬崖，一种前所未有的荒凉感迅速蔓延至他的整个身心。身边的随行向导此时正精疲力竭、有气无力地向大本营总指挥请求救援。

生死关头，救援显得尤为可贵。他的脑海里，只有一个念头：他要下山，他要回家，他要跟家人团聚，他要帮妻子做饭，他要接孩子放学，他要陪父母散步……

可他心里明白，海拔 8000 米之上是生命禁区，在这样高海拔上，从来没有过救援先例，一旦遭遇不测，只有死路一条。

此时，他的脑海中突然闪现出在来时的路上见到的前辈们倒下的遗体，这些都是没有得到及时救援而遇难的攀登者，此时，自己……也会像他们一样，长眠在这高峰之上吗？

他的眼眶湿润了，他想大声呼喊，但身体的现状却不允许他这样。他哆嗦着手，艰难地从上衣口袋里摸出一张全家福照片，这是他随身携带的最宝贵的东西。看着照片上家人灿烂的笑容，耳边回响起了临走时妻子叮嘱的话语。每次登山，妻子总是不放心，叮嘱的话语说了一遍又一遍，他总是耐心听着，他知道妻子的担忧和不舍，他承诺过一定会平安回去。可眼下这承诺怕是不能兑现了。

他有好多话想跟妻子说，有好多故事想跟妻子讲，但却没有机会了。

向导不仅要领路，更要保障每一个人的安全

看着身下积淀起的厚厚冰雪，他在队友的帮助下拼尽全力坐了起来，他默默在心里对家人说着，如果他有不测，请家人们不要悲伤，好好生活……

救援的队伍还没到达，他的内心已经不抱希望了，泪水从眼角滑落，这个原本坚毅的中年男子，此时却绝望地闭上了双眼……在这样的高海拔地区，救援就是一个根本不可能实现的奢望……

一次冒险的抉择

得知中年队员倒下的消息，登山总指挥尼玛次仁压抑住内心的震惊，立即做出决定，从其他高海拔营地调集几名有丰富经验的高山向导组成救援队前去增援。

然而，派谁去呢？

在得知了中年队员的情况后，B 组成员放弃了冲顶的机会，由 B 组全体向导为救援主力，尽全力支持此次援救行动。

一场最高海拔处的高山救援行动拉开了大幕。

那天，我是 A 组成员之一，正在带领队员下撤的我，从队友处得知需要救援的情况后，出于向导的本能，我迫切想要参与救援。20 多年的攀登经历使我具备了丰富的救援经验，但上级安排的名单里并没有我的名字，我的客户郁亮也非常支持我参与救援，内心的失落和不安促使我用对讲机联系总指挥，询问能不能让我再上去一次。

尼玛次仁老师说:“你带领的队伍，现在也正在下撤，他们不能没有向导的护航。虽然我知道你是救援人员中的最佳人选，但下撤队伍的安危也需要考虑周全。”

被拒绝后的我并未就此作罢，当时我的队员们体力都很不错，我再次提出救援请求，因为我清楚自己的身体状况，山神赋予了我与生俱来的能力，在这种高海拔区域，我的适应能力比大多数人都要强！耐不住我的再三请求，尼玛次仁老师同意了，便安排另一名向导陪同 A 组队员下撤。在对讲机里，尼玛次仁老师反复确认我的身体状态，叮嘱我一定要注意安全。

得到准许后的我随身背了两瓶氧气，带了氧气面罩、睡袋、补给品和急救药品等物资再次从海拔 8300 米处登上 8550 米前去营救。

想到危在旦夕的队员，我完全感受不到身体的疲惫，只用了一个小时

高山救援的绳结技术

就赶到了他的身边。

这名队员对于我来说并不陌生，他是一名狂热的登山爱好者，时常穿梭在世界各个知名高峰之间。

这并不是他第一次攀登珠峰，他也是个有经验的老队员了。他和我曾经合作多次，前几次都是我担任他的向导，他表现得很好，我也很放心。此次若不是突发脑水肿，我相信他是一定能够平安下撤归来的。

珠峰海拔 8300 米以上处处都是悬崖峭壁，道路狭窄崎岖，要想上到更高处，只能依靠绳索进行攀升。更何况，此刻我刚登顶，又从顶峰下撤到海拔 8300 米，体力已经消耗巨大，再次从海拔 8300 米回到海拔 8550 米，

绝地救援何其难

我的体力断然是吃不消的。

长途跋涉加上身负重物，让我耗费了太多的氧气，自己氧气瓶里的氧气快要用完了，新的氧气要留给受伤队员，不能贸然使用，因为他比我更需要这瓶氧气。

凛冽的寒风从四面八方吹来，在峭壁上攀登的我因为体力不支被吹得摇摇晃晃。在摇晃中，我似乎看见了倒在雪地里等待救援的山友，他正无助地期待奇迹的出现。风越来越猛，我知道快要变天了，一旦变天，高峰上的能见度就变得很低，不管是自己还是他都将处于不利的境地。我稳定了一下状态，拼着最后一股子狠劲儿，一步一步向上攀登着……

绝地救援

当我赶到时，他还躺在原地，身边的向导也早已筋疲力尽倚靠在岩石边上休息。我的到来，让他们看见了生的希望。

我走到昏迷的队员旁边，焦急地喊着他的名字。他慢慢地睁开了眼睛，一把拉着我的手，急切地说道:“扎西……救我下去……救我下去……”

简简单单的一句话，在他的嘴里重复了很多次。看着昔日刚强的汉子此时如孩子般孤独无助，我的内心像针扎一般难受。我紧紧地握住他的手说:

“放心，我一定会救你下去，相信我！”

我的出现，对他而言是一个奇迹，将其从死亡的边缘拉了回来，给了他重生的机会。

我把带来的救援物品递给他，让其补充体力和能量，并重新为他更换了氧气设备，换上了新的氧气。但他依然站不起来。高山之上不能久留，必须尽快下撤到大本营，否则后果不敢设想。

为了尽快下撤，救援队伍只能采用绳结攀升、托运的方式把他运下去。珠峰北坡为岩石峭壁地形，道路狭窄，更何况在 8500 米以上的地区，人体体能已经趋于挑战极限，一个人行走在峭壁之上都十分不容易，更何况还托运着一个成年男子，其难度和危险性可想而知。

在托运过程中，为了防止他受到二次伤害，我和其他救援同志还重新设置了 3 个保护点。在原有的一根绳子的基础上，又加了 3 根绳子，分别挂在不同的人身上，每个人的生命，都悬在同一根绳子上。出事地点海拔

圣山高山运输队在珠峰上运送高山氧气

太高，左边是陡峭的山脊，右边是万丈悬崖，下撤途中脚下的悬崖清晰可见，无论是对于攀登和营救技能，还是心理素质，都是极大的考验。

我们有的在前面拖着，有的在后面推着，有的负责保护他的头和脚，为保持平衡，减少摇晃所带来的不适，大家紧紧地托着他，节奏步伐尽量保持一致，慢慢向下撤离。

在缓慢下撤的过程中，不知不觉，天已经完全黑了，救援队伍只能开启头灯继续前行。气温越来越低，救援队伍将背包里能找到的物料都拿出来盖在他身上，防止被冻伤。

从海拔 8550 到 8300 米的突击营地，只有百来米的垂直距离，我们却整整花了 15 个小时，终于在 5 月 19 日凌晨 1 点左右到达海拔 8300 米的突击营地。随着海拔的下降，他的精神逐渐恢复，当天晚上，我们就住在了突击营地。

他一直喊冷，身体蜷缩成了一团，还不时地抽搐。我把自己的睡袋给了他，还在他旁边点放了一个火炉桶，以供取暖。整个晚上，我一直坐在旁边守护着他，随时关注着他的身体状况。

寒冷的夜晚终于过去，第二天一早，太阳刚升起来，我和另一位向导便陪着他慢慢下撤。5 月 19 日下午 5 点左右，我们终于到达了海拔 6500 米的前进营地。团队的保健队医立即对他做了全身检查，所幸他没有出现冻伤和其他任何症状，我也如释重负。

这是人类历史上海拔最高的一次救援成功的案例。在如此困难重重的环境下，能够起死回生，在旁人看来，这是生命的奇迹，只有我和其他救援人员知道，所谓的奇迹都是大家努力坚持的结果，只有不抛弃、不放弃的救援精神才能创造生命的奇迹。作为西藏圣山高山救援队的一员，我感到十分荣幸，因为我和队友共同完成了迄今为止唯一的一次人类历史上海拔最高的救援，同时也非常感谢B组成员无私奉献、放弃冲顶的机会并提供物资，在人类生命面临绝境时发扬了人道主义登山精神。

登山
小常识

珠峰的几个重要营地

1. **珠峰大本营**。位于海拔5200米处的绒布冰川的冲积扇上，其地缘宽阔平坦，交通便利。每年登山黄金时节，来自全球的几十个国家的上千名登山探险家将聚集在这里。

2. **中间营地**。位于海拔5800米处的东绒布冰川和康雄冰川、章子峰冰川的水流汇集地。这是前往更高山峰的过渡营地。

3. **前进营地**。位于海拔6500米处，周围是万年冰川，这里高反强烈，也是运送物资的牦牛所能到达的极限高度，沿途攀登要注意冰缝，以免发生滑坠事故。

4. **北坳营地（高山一号营地）**。位于海拔7028米处珠峰和章孜峰的连接处，常年积雪覆盖，周围冰缝众多，寒风凛冽。攀登北坳冰壁时，脚下危险重重，稍不注意便会坠落悬崖。

5. 大风口营地（高山二号营地）。位于海拔 7790 米处，处于岩石和冰雪相间的混合地带，坡度在 20° ～ 30° ，特别要注意保暖和吸氧。

6. 突击营地（高山三号营地）。位于海拔 8300 米处，地貌为岩石冰雪混合相间，坡度在 40° ～ 50° 之间，较大风口营地有所上升，需全程吸氧行军。

2014年

安置遗体

"在海拔8500米以上，人们无法苛求道德的尺码。"

——《进入空气稀薄地带》乔恩·科莱考尔

"因为山就在那儿。"

1924年，被问到为什么要去攀登珠峰时，英国登山家乔治·马洛里这样回答。

从那以后，这句话在登山界被奉为一句名言，激励着无数攀登者们坚持不懈地追寻梦想。遗憾的是，38岁的马洛里在接受采访不久之后，便在尝试从珠峰北坡冲顶时遇难。

登山过程中充满了各种风险和不可预测的因素，尤其是对于攀登珠峰来说，更是需要突破重重难关，是什么让这么多人甘愿冒险？

其实，登山与生俱来的风险就是最大的吸引力。探索和挑战是人的本

攀登者向海拔 7790 米的大风口营地前进

性，也正因为有风险，才会让人想要拼尽一切去克服。在登山过程中，最怕的不是路途遥远，也不是高海拔恶劣的环境和气候，而是内心的孤寂。对有的人来说，攀登的意义不仅仅是出于对未知领域的向往，也不仅仅是为了享受登顶后的成就感，更多的是通过这种方式克服自己心里的那座山。

对于攀登者来说，每一次攀登都是一种修行，都是对内心的一种审视和锤炼，也是不断和内心做斗争、克服内心胆怯的过程。登山的整个过程中，攀登者带着一颗虔诚与敬畏的心和自然沟通，并在这个过程中得到心境的升华。

2014 年对于我来说，也是自我审视和克服自我的一年。这一年，我参加的西藏雅拉香波登山探险队，进行攀登珠峰遇难者的遗体安置工作，后

圣山高山修路组，修路珠峰并架设喜马拉雅天梯

来因脚受伤没能登顶珠峰……

那一年 5 月，珠峰的天气十分恶劣，冲顶的窗口期也很短。对于珠峰北坡来说，适宜冲顶的窗口期主要指没有大风和暴雪的天气，尤其是大风会导致气温直线下降，行进困难，还容易产生冻伤、雪盲等危险。往年的登顶窗口通常在 5 月中旬，而 2014 年一直到 5 月 20 日都是恶劣天气。在恶劣的天气情况下，我们一边修路，一边运送物资，一旦冲顶的窗口期来临，我们就可以有充分的准备完成冲顶。

但那一年的天气情况迟迟不见好转，我们的心情经历了期盼和焦灼之后，也慢慢地平静下来。

这天上午，当我们来到海拔 7300 米处时，行进的队伍突然停了下来，我朝前一看，有人用手指着前方，不知道发生了什么。顺着他手指的方向看去，只见在前方的斜坡上，一具遗体静静地躺在大雪中。他的脸被积雪掩埋，上身蜷缩着，仿佛熟睡中，雪地里露出他身上装备的一部分，清晰可辨，一些队员赶紧扭过脸去不忍再看，所有人都显得紧张和担忧起来。

这不是我第一次在攀登珠峰过程中看到遗体，但不知为什么，这次给我的冲击特别大。我的心脏猛烈地跳动着，我抬起头，看了看四周被积雪覆盖的山峰，耳边是风雪的呼啸声，心里忍不住想着：他是谁？他是谁的丈夫？又是谁的儿子？或者是谁的父亲？他生前经历了怎样的挣扎和绝望？会有人带他回家吗？

近几十年来，无数人带着热爱与梦想来到世界之巅，最终仍然有少量攀登者满怀遗憾地长眠在这座雪山上。每一年在攀登路上遇到的遗体，都让我深深地体会到生与死的震撼，我为他们的离去而感到悲伤，但更让我悲伤的是，他们的遗体只能终日暴露在雪山的各个角落，无人问津。在我看来，即使他们是攀登珠峰的失败者，但是他们的精神仍然值得所有人学习，他们的遗体也该得到尊重。

据统计，自 1924 年以来，共有上百人在珠峰遇难。2015 年 4 月 25 日尼泊尔发生的大地震，造成当地众多人员遇难，19 名登山者在尼泊尔的珠峰南坡大本营被雪崩袭击丧生，有一些被埋在很深的冰川缝隙中，有一些被埋在陡峭的悬崖之下，有一些则侧卧在冰雪之中……

在珠峰安置遗体并非简单地搬运，而是一项高难度的工作。一方面，遗体安置受到自然条件的限制，因为随着时间的推移，遇难者遗体很多已

西藏圣山公司的向导们

融入山体的冰层；另一方面，对于是否就近安置，因为事关不同的传统和信仰，也存在很大的争议。早在 2010 年，一家尼泊尔旅游公司就曾试图从珠峰南坡搬运遇难者遗体，最终因遇难者家属介入而不得不终止。

在我当向导的这些年里，发现一个不争的事实：攀登者在攀登的过程中，如果看到遇难者的遗体，会产生一种恐惧感，也会在无形之中增加许多心理障碍；同时对于我们藏族人来说，在攀登的过程中，跨越遇难者遗体前进也是对遗体的不敬，在我们看来，安置遗体就是对逝者和生命的尊重。

遗体安置不可避免，但到底是将遗体搬运到山下交给家属还是就近安置，往往最具争议。在海拔 8000 米以下，有的遗体是可以往下搬运的，有些家属希望我们能将遇难者的遗体搬运下来交还给他们，但也有很多遇难

海拔 8000 米的遗体安置

的国外攀登者家属不同意，他们认为遇难者热爱珠峰，喜欢这座神山，最后能留在这座神山上是攀登者的归宿，因此也愿意让遗体一直留在珠峰，并不希望我们随意搬运遗体。基于这样的现实情况，还有部分遗体，日后家属有可能会上山找寻，如果找不到，家属难免会提出异议。最后我们决定采用就近安置的办法。

2014 年，我们集中开展了一次珠峰遇难者的遗体安置行动。其实在这之前，我们的校长尼玛次仁老师就曾最先提出对珠峰的遇难者遗体进行安置，之所以等到这一年才付诸行动，主要原因是遗体安置需要做一定的前期准备工作。在海拔 8000 米以上，正常的攀登都很困难，何况还要搬运遇难者遗体，而且遗体安置需要很多经费和物资，比如氧气、安置工具等，光是一瓶氧气就要好几千元，因为这些登山专用的氧气要从国外进口。

清理第一具遗体时，有20多名工作人员在现场，有些人负责修路，有些人负责打绳子，还有一些人负责安置遗体。

在遗体安置之前，我们首先向遗体敬献哈达。哈达是藏族人生活中离不开的吉祥物，象征着祝福，意为感谢遇难者同意我们安置他的遗体。这些哈达是我们确定了安置计划后，在敬山仪式上请寺庙的高僧或喇嘛开过光的。

接着，工作人员用哈达遮住遗体面容，将哈达系在遗体的脖子上，再将遇难者的面容和身体包裹，使之不会暴露在外，然后再设立保护点，由几个人在前面拉着，另外几个人在后面慢慢放绳子，能抬的地方就尽量抬起来。但因为在高海拔之上，气温极低，遗体大多已经被冰冻，非常僵硬，再加上大部分路面都比较陡峭，就连遗体安置队员通过时都要非常小心，有时只能两脚交叉着走，所以大部分情况下遗体都没办法抬起来。

安置遗体至少要十几个人才能完成，先用准备好的环保布袋将遗体包裹，然后搬运到距离攀登路线50米以外的地方（有些陡的地方是30米）进行安置。有些遗体会放在就近的山洞里，并用石头遮挡洞口；如果没有山洞，就放到石头后面，然后用雪将遗体覆盖；有些稍微陡一点的地方，就在20米范围内重新设立保护点，再用绳子将遗体固定，尽量让路过的攀登者不会看到。我们有一根修路的绳子，在遗体上再设一根保护绳，然后把这些绳子连在一起，在上面设几个固定点，再用绳子慢慢把遗体滑进袋子里。遇难者遗体大部分都和四周的雪冻成一块，我们还需要用工具将周围的冰清理掉。

当时我们发现的遇难者，一部分有详细资料，也顺利地和家属取得了联系，还有一部分没有联系到家属。

吉祥的定日锅庄

那一年我们在珠峰一共安置了 9 具遗体，有些甚至是 20 世纪 90 年代留下来的。从海拔 7400 到 8800 米的路线上，只要是在传统攀登路线上能看到的遗体，我们都进行了安置。

那也是我第一次参与遗体安置工作，从 7400 米到 8300 米的路段我都全程参与了，其中由我负责安置的遗体一共有 5 具，分别在海拔 7400 米、7790 米、8200 米和 8300 米处，其中 8300 米处有 2 具遗体。在安置的过程中我也拍了一些照片，内容主要就是当时的场景和工作内容等，但出于人道主义考虑，这些照片我将不在本书中展示，因为我必须尊重遇难者遗体。

遗体安置工作虽然艰辛而危险，但却是值得的，能够让珠峰上面的遇难者遗体得到妥善安置，也算是对遇难者家属们的一种慰藉吧。

那一年遗体安置到 8300 米突击营地的时候，天气迟迟没有好转，于是所有队员下撤到樟木口岸去调整，然后返回到海拔 5200 米的大本营休息。

等待最佳冲顶的日子十分枯燥。我们天天坐在那里也很无聊，队员们都很焦急，有的队员甚至建议时间宝贵，可以直接开始冲顶，这当然只是一时的发泄之语。我也比较着急，但是后来，我慢慢调整了心态，变得不那么急躁，你所遇见的，或许就是最好的安排，每个人都应该用乐观积极的心态去面对。

经历了那么多的人和事，尤其是在安置了遗体工作之后，使我明白，人生是一个不断历练的过程，只有失败的事情，没有失败的人生。人生也是一个不断失败又不断前进的过程。一时的心浮气躁解决不了问题，要学会在孤寂中依旧热爱生命，在逆境中依旧渴望成功。

调整好心态之后，我们便提议晚上一起跳锅庄，顺便等待窗口期的来临。以往我们在攀登过程中休息的时候也会跳锅庄，但在 7000 米以上不会跳，因为海拔太高。对藏族人来说，跳锅庄是一件喜庆和愉悦的事情。我本身就比较喜欢跳舞，加上心里的结解开之后，心情也变得轻松起来，所以跳起来就特别开心。

因为跳得太开心，没有注意到我们帐篷下面有一块小石头，结果一不小心扭伤了脚，当时感觉特别疼痛，整个人都站不稳了。

“扎西，还能走路吗？”队员们纷纷围过来，关切地问道。

当时的我已经痛得说不出话，但为了不影响后面冲顶，我就在大本营附近的扎西村找医生看了一下。原本以为只是轻微的扭伤，没有什么太大问题，处理包扎一下就可以，结果医生说他看不了，建议我到拉萨去治疗。

一颗小小的石子，耽误了我的整个攀登计划，这是我始料未及的。看着越来越严重的扭伤，我只好听从医生的建议，返回拉萨。

到了拉萨以后，随行的队员帮我找了当地有名的藏医。医生说里面有小的骨折，还有轻微扭伤。俗话说，伤筋动骨一百天，但是因为我的身体素质比较好，所以恢复很快，大概用了 20 多天就痊愈了。

在这同时，其他队员们也在天气好转之后成功登顶珠峰，并且继续完成了海拔 8300 到 8800 米的遗体安置工作，到冲顶队员下山时，我的脚刚好痊愈。

2014 年，是我登顶失败的一年。但是那一年的遗体安置工作让我明白了生命的可贵，逝去的人已无法追回，活着的人就更应该努力过好每一天。在大本营等待天气好转的那几天，也让我在孤寂中学会了乐观对待生活。

2019 年，一篇描写世界第一高峰珠穆朗玛峰环境状况的文章在网络上引起热议，文中甚至称如今的珠峰已是“左手垃圾，右手遗体”，“珠峰将无限期关闭”的消息也不断传出，引发舆论对珠峰环境状况恶化的关注。

这不禁让我又想起了 2014 年安置遗体时的往事，但网上流传的那些遇难者遗体图片，有的是我 2003 年攀登的时候就看见的，早在 2014 年遗体安置时就已经做了妥善的处理，所以网上的言论有一些夸大和不实。近年来，当地政府和体育局也已经开始特别关注珠峰的生态环境，出台了一系列有关高山救援和环保方面的政策及相应措施，相信珠峰会逐渐回到它原本圣洁的面貌。

2015 年
8 级地震下的死里逃生

我永远忘不了 2015 年 4 月 25 日这一天，那是我第一次与死神相隔如此近……

当我和队员们正在海拔 6900 米处的珠峰北坳大冰壁上艰难攀登时，一场突如其来的 8.1 级大地震引发山体剧烈震颤，万年雪山多处发生雪崩，一块重达数十吨的冰体从头顶向我们砸了下来……

最具垂直极限视觉震撼的壮美天险

如果非要在攀登珠峰的路线中，选一处最具视觉震撼的点，我认为那一定非北坳冰壁莫属。北坳冰壁又被称为“北坳大冰壁”，是珠峰北坡攀登线路上壮美的冰墙、撼人的天险。

她位于珠穆朗玛峰与章子峰（海拔 7543 米）之间的鞍部，即北坳营地下面。她历经千万年积累及自然演变，逐渐形成了现在这样一个高悬的垂直冰墙面。整个冰壁坡度在 45° ～ 90° 之间，不少地方形成亮冰。在海拔 6700 至 7028 米的高度去完成一个近乎垂直面的冰壁的攀登，绝非易事。

上　圣山向导行军在珠峰北坳
下　攀登者的路

攀登北坳大冰壁，尽管脚下穿着冰爪，借助上升器、修路绳和前辈们建立起来的保护点，但依然非常耗费体力。攀登在北坳冰壁上，人就像挂在冰墙上的蚂蚁，随时有可能滑坠。冰崩、裂缝也随时可能会出现，一不小心就会葬身万年冰川。在快要到达冰壁顶部位置的时候，需要依靠金属梯子小心翼翼地翻越或横过冰裂缝。

第一次行走在大冰壁上，我既有几分担心又有几分激动。担心的是出现冰崩等突发情况，激动的是，人世间竟然有如此仙境一般美妙的世界。她的壮美与震撼，是世间独一无二的。

北坳大冰壁，在历史上曾经是珠峰北坡传统攀登路线上的第一个天险。

20 世纪，曾有英国的一支探险队尝试从北坡攀登珠峰，就是在北坳冰壁遭遇雪崩，7 名夏尔巴协作人员丧生，探险队不得不放弃攀登。

随着科技的进步与攀登者经验的提升，今天，人们已足以应付这一道自然天险了。西藏圣山探险公司也把徒步攀登北坳作为攀登 8000 米级雪山的门槛项目，不少登山公司也把攀登北坳冰壁作为一个独立的攀登项目来运营。

然而，2015 年 4 月 25 日这一天，对于攀登在北坳大冰壁上的数十个探险者来说，绝对是一场刻骨铭心的遭遇……

有惊无险是世界上最动听的词语

这天早上，按照攀登计划，我们一群攀登者们被分成 A、B 两组，从

6400 米处的营地出发。A 组由 20 多名高山向导、高山协作组成，任务是运送物资去 8300 米处的营地，凌晨即出发；B 组由 4 名教练、1 名队长和 16 名攀登队员共计 21 人组成，目的地是海拔 7028 米处的北坳大冰壁顶端，天亮后才出发。我就是 B 组中的教练之一。

北坳是一处大面积的冰雪混合冰壁，每年的登山路线都根据实际情况在替换。2015 年 4 月 25 日这一天，当我来到北坳冰壁下面的时候，站在北坳冰壁的万年冰川之上，我被深深地震撼了。冰雪墙的巨大与壮美，垂直极限带来的震撼，都是我前所未见的。满世界都是不知历经了多少年才形成的冰川，闪耀着神秘莫测的光芒。站在冰壁下，从下往上望去，冰壁就矗立在面前，那一刻，每个人都能感受到大自然的广阔和人类的渺小。

这一天，队长次仁桑珠根据实际情况，决定垂直攀登，直接上去，以减少危险的发生。

下午两点刚过，当我像一只蚂蚁一样挂在海拔 6900 米的绝壁冰壁上的时候，突然之间，只觉得从大地深处传来闷雷一样的咆哮，像是一头被困已久的猛兽突然醒来，震撼人心的咆哮声让人觉得心肝震颤，一种不祥的预感油然而生。就在大家错愕之际，突然，整个冰体开始剧烈摇晃起来，挂在冰壁上的人就像是一片片树叶，摇摆不定。

我的第一个感觉，肯定是雪崩了。

常年行走于冰峰之间，我当然知道雪崩的危害。那些沉淀了几千上万年的冰雪，不停地从山体高处借重力作用顺山坡向山下崩塌，崩塌时速度可以达 20 ～ 30 米 / 秒，随着雪体的不断下降，速度也会突飞猛涨，一般

圣山高山向导跳吉祥锅庄表达对大自然的敬畏

12 级的风速度为 33 ～ 35 米 / 秒，而雪崩的速度可达到 97 米 / 秒。要知道，人类短跑的世界冠军，不过每秒钟跑 11 米；动物界的短跑冠军猎豹在追捕猎物时的速度，不过每秒钟跑 30.5 米；12 级的强台风，速度不过 32.5 米 / 秒。但是雪崩却能够达到每秒钟 97 米的惊人程度。1970 年秘鲁的大雪崩，在不到三分钟的时间里飞跑了 14.5 千米。也就是说，速度达到平均 90 米 / 秒。

然而，当我定睛朝山顶望去时，却并没有发现雪崩的迹象。从经验判断，雪崩应首先从覆盖着白雪的山坡上部开始，先是出现一条裂缝，接着，巨大的雪体开始滑动。但这一次，除了地音轰鸣、山体摇晃，并无其他迹象。这到底是怎么回事？

疑惑之间，紧要关头，队长通过报话机呼叫前进营地，说碰到雪崩了，请马上组织救援。前进营地在对讲机里回复说：

“不是雪崩，是地震！请注意避险！”

前进营地里话音刚落，我本能地抬头向头顶看去，顿时吓出一身冷汗。

就在头顶不到50米远的地方，一块有大卡车那么长、估计数十吨重的大冰体出现裂缝，裂缝越来越大，发出摧枯拉朽的卡拉声，冲着我们这21人的登山队伍直滑而来！

我在队伍的前半部分，队长在队伍的后面，21个人都在登山绳一条线上。眼看巨大的冰体直滑而来，队长在后面喊道：“快往边上跑！”

听到队长喊话，我本能地想跑，但却身不由己，冰体的摇晃使得我的身体根本不听使唤，身子失去了重心和平衡。尽管每个人都想跑，但最后每个人都没跑起来，就这样眼睁睁地看着巨大的冰体直冲我们而来，20米、10米、5米……越来越近。

人生有可为，有不可为。而眼下，眼睁睁地看着冰体直冲过来却无法移动躲避，就是不可为的一种。

我努力地想要稳定摇晃的身体，看着呼啸而来的冰体，心想完了，这次不死也得残了。在那一刻，我唯有闭上眼睛，祈求神灵的救助。

奇迹竟然真的发生了！就在冰体离我的右肩只有不到一米距离的时候，巨大的冰体在山体的摇晃下，竟然改变了方向，擦着我的右肩迅猛地滑到万丈悬崖之下，裹挟着的狂风卷起漫天冰碴，让我们睁不开眼。

地震摇晃的时间不过十多秒钟，然而对于我们来说却像一万年那么漫长。终于，山体稳定下来，我们的身子也不再像树叶一样飘摇，但原本在一条直线上的队伍已经变得歪歪扭扭，在队长的号召下，整个队伍立即有序往下撤离。

刚转身向下撤的时候，我突然想起山上还有 A 组的队员们。通过报话机了解到，地震发生的时候，A 组队员刚刚翻越海拔 8100 米处的大拐弯，大拐弯前面是一个横切和一块巨大的山石。地震来袭时，山上的乱石漫天飞，A 组队员躲在那块巨大的山石背后，成功躲过一劫。可以想象，要是地震早来五分钟或者晚来五分钟，必然会造成伤亡。

心有余悸地回到营地，我才知道，当天在尼泊尔境内的南坡的攀登者就没我们那么幸运了。这场罕见的 8.1 级大地震引发的雪崩导致南坡一共有 19 名登山者遇难，60 多人受伤。

在当天的攀登者中，A、B 两组队员没有出现一个人伤亡。经历了这次与死神擦肩而过的浩劫后，我将这奇迹般地脱险归结为幸运之神的眷顾。之所以能死里逃生，不是因为我们的攀登技术有多么的高超，而是运气特别好。

那一刻，我觉得，有惊无险是世界上最动听的词语了。

我把这种幸运归结为平日对山峰的敬畏，正因为对山峰心怀敬畏，所以圣山特别眷顾我们、接纳我们。

这不是唯心主义，这是一种发自内心地对大自然的敬畏。

神山珠穆朗玛

心怀敬畏天地宽

在我20年的攀登经历中，每一次带客人登山，除了体能、技术上的准备，在藏族的风俗习惯上，我也会提一些要求。比如敬畏山神，登山前的祭山神仪式等。很多人说这是封建迷信，但是我认为，这是一种信仰，更是一种态度，通过这些仪式向大自然表达我们的虔诚与敬畏，并祈求神山圣湖的庇佑，使我们能够顺利完成攀登。

我们藏族人特别喜欢转山、转湖、转佛塔，因为我们始终相信，万物有灵。我们相信山里有山神，水里有水神，各个地方都居住着神灵，所以对山特别虔诚和敬畏。

敬山煨桑仪式

转山是一种盛行于西藏等地区的庄严而又神圣的宗教活动仪式，在西藏许多地方都有转山的习俗。藏族地区，不论是苯教信徒，还是藏传佛教信奉者，一般都认为神灵聚族而居，且多在高山之巅。所以藏区境内的高山便成了神话中山神的住处。大山有大山神，小山有小山神。这些山神不仅各有各的来历，而且还各有各的形象和作用。膜拜它供奉它，它就能让你心想事成：长者健康长寿，小伙子更帅，姑娘更美丽，放牧者牛羊成群，务农者人寿年丰。

在我的家乡，每年藏历初三和十五，人们都会到山里去敬山神，这是祖辈们世世代代传承下来的，所以藏族人民对神山和圣湖是特别怀有敬畏之心的。转山的队伍浩浩荡荡，有老有少，有虔诚的当地藏族同胞，也有从世界各地来的不同肤色、年龄、种族的人，但是大家都带着同一个信念，那就是对山的虔诚和敬畏。

藏族人有一个传统，马年要转冈仁波齐（与梅里雪山、阿尼玛卿山脉、青海玉树的尕朵觉沃并称藏传佛教四大神山），羊年要转梅里雪山。本命年在神山转一圈的话，可以抵平时的 13 圈，所以藏族同胞们都会尽可能地提前做好准备去转山。

如今，作为一名攀登者，每次登山时，我也十分敬畏山神。每次登山活动开始之前，有一个非常重要的环节，那就是敬山神仪式。在我看来，敬山神是一种态度，表明攀登者是带着一颗虔诚的心、一颗体验的心来亲近高山、朝拜高山的，而不是来挑战高山、征服高山的。

万事皆为修行，登山就是一场真正意义上的自我修行。

这些年来，随着外地攀登者越来越多，每次在出发之前，我就会告诉从外地来的朋友，攀登时要注意三点：第一，不能大声喧哗；第二，不许讲成人笑话；第三，不能做不利于队伍团结的事。在我看来，如有违背都是对山神的不敬，会受到惩罚的。

作为一名登山从业者，除了热爱、敬畏山峰之外，我还身体力行地守护着那些大山。

2016年

成为一名优秀高山向导的必经之路

2016年，一名50多岁的上海企业家来到珠峰大本营，点名要我带他冲顶珠峰。

这是我第一次与他合作，我们之前并不认识，他一来就点名要我带他冲顶珠峰，我很是不解，便问他道：“我们这里有很多优秀的向导，为何你偏偏选中了我？我们之前并不认识啊。”

他笑了笑说：“我从其他山友那里听过你的故事，知道你是一名出色的向导，不仅技能过硬，并且经验丰富，对客户尽心尽力，所以我这次千里迢迢来到珠峰，当然要找你做向导了！”

听完他的话，我的内心很是感动，因为越来越多的人认可我、信任我，这是对我最大的鼓励。我愉快地对他说：“你放心，我一定会尽全力帮助你。”

在我尽力做好一名向导的同时，也帮别人实现了梦想，我喜欢这样的人生。

高山向导是工作在珠峰上的特殊“上班族”，每年都会在固定的时间内来珠峰报到。他们的使命是帮助别人实现登顶地球之巅的梦想，领略“会当凌绝顶，一览众山小”的美妙。他们长年穿梭在海拔 8000 米以上的生命禁区，在万年冰川和万丈悬崖边经过，为攀登者铺路带队、保驾护航。

登山者薛伟

每年冲顶珠峰的窗口期只有短短几天，而高山向导却要经历艰苦而漫长的岁月锤炼。要想成为一名优秀的高山向导，在我看来，必须具备这样几个要素：过硬的专业技能、丰富的经验和客户至上的服务态度。

过硬的专业技能

学校是我学习专业技能的第一步。全世界只有两所专业的登山学校，一所是法国沙木尼登山学校，一所是中国的西藏登山学校。在西藏登山学校学习时，我们每天都会进行专业技能训练，学校还会引进国内外顶级登山专家为我们开设专业的登山课程，攀登、救援、伤口处理、气象和路线的判断、突发雪崩、冰崩的应急措施等都是日常必修课。

纸上得来终觉浅，绝知此事要躬行。书本上的知识有限，更多地向

全体攀登队员在珠峰海拔 7400 米处行军

导知识来源于攀登实践。这些实践包括攀登、修路、高山协作等。如果不修路，没有人能成功登顶珠峰，因此修路也是高山向导必备的专业技能之一。

每一位高山向导都是珠峰上的修路工。在陡峭的岩石上攀登，沿途要铺设安全绳。

1953 年，人类实现了第一次成功登顶珠峰的伟大壮举，修路逐渐成为攀登珠峰的首要任务。从海拔 5200 米处的珠峰大本营，一直到 8844.43 米的珠峰顶端，都要搭建营地、铺设安全绳。

珠峰北坡上有 3 个台阶，是三段非常陡峭的悬崖。1960 年，中国登山

为实现巅峰梦想的预祝仪式

队员在北坡首次登顶珠峰时，队员们事先并不知道上面有很高的台阶，为了顺利登顶，只能一个队员踩着另一个队员的肩膀向上攀登。

攀登者沿着向导修建的路，一步一步向上攀登，每到地势较好的地方，都需要停下来休息或宿营，这就需要搭建帐篷。作为一名优秀的高山向导，搭建帐篷也是必备技能之一。

海拔 7790 米以上，地势崎岖不平，周围是清晰可见的万丈悬崖。猛烈的寒风从高空之上咆哮而来，吹得人站立不稳，只能弯下腰来抵抗。在如此恶劣的环境下，帐篷很难搭建成功，就算几个人协力合作，都要花费一番工夫。

帐篷只能提前几个小时搭建，根据不同的地形选择不同的固定方式，

攀登队员在海拔 8300 米处行军

在岩石上主要利用岩石钉来固定帐篷。

搭好的帐篷要有人守着，或用东西压着，不然很容易被风吹走，有些帐篷被吹落在营地不远处，有些则吹落在万丈悬崖之下，无法打捞。

丰富的经验

技能过硬，是身为一名向导必须具备的条件，也是赢得客户信任的第一步。然而，一名出色的高山向导，光有过硬的专业技能还不够。在众多无法预知的突发情况面前，他还应具备化险为夷的超常本领，而这些本领，来源于经验的积累。

高山向导

大气和氧气，是决定能否顺利冲顶的关键因素。

高海拔上，天气的变幻莫测影响着冲顶的时间和速度，长年行走于珠峰之上，让我知道如何根据云层结构、云层的聚散来判断天气的好坏，确定冲顶的最佳时期。

在我看来，这是身为一名优秀的向导理应学会的本领，也是在每次攀登实践中应该积累的经验。

高寒地带，越往上走，对氧气的需求就越旺盛。很多初次接触雪山的攀登者，因为缺乏足够的攀登经验，对高山氧气的使用方法不熟练，容易出现氧气堵住、氧气瓶打不开、氧气用完等意外情况。

有经验的向导会立即为客户替换氧气，在极端情况下，甚至把自己的氧气拿给客户用。

客户至上的服务态度

一名优秀的登山向导，要时刻秉持“安全第一，客户至上”的服务理念，这也是我一直以来坚持的信念。

然而，要做到这一点并非易事。在高海拔、低气压、低氧气含量、万丈悬崖、道路崎岖这样危机重重的特殊环境下，每个人的心理和生理都承受着巨大的考验。

随着登山运动的普及，女性登山的人数越来越多。在攀登过程中，女

圣山高山向导们运送高山物资

性的体力与男性相比有着先天的差距，加上女性容易出现依赖、害怕的心理，从而影响整个队伍的攀登速度。对于这种情况，我在攀登的过程中，除了主动帮她们分担负重，让她们轻松一点之外，还时刻注意疏导、调节她们的心理状况，帮助她们克服恐惧、脆弱等心理。

在高海拔之上，连上厕所这样再也普通不过的事情，都变得异常艰难。我们穿的装备是连体的，技术装备、安全带、保护锁全都穿在身上。上厕所的时候，必须先把这些装备脱下来，然后再将我身上 10 米左右的向导绳系在队员的腰上，用这种心连心、命连命的方式保护客户的安全。客户在那边方便，我就在这边守着，有时我会在石头的背后守候着他们，我带的每一个队员都是如此。

高寒地带，有些队员因为不适应，吃不下东西，上厕所的次数较少，有时一天一次，有时两天一次。现在有专业停泄药品，吃一颗可以一天不上厕所，吃两颗可以两天不上厕所，但最多只能吃三颗。人吃了这些药之后，基本上不用排泄，我也就很少遇到队员需要上厕所的情况。但只要队员需要上厕所，我都会在旁边守候着他，保护着他，这是我身为向导的职责。

成功，没有捷径可走，只能脚踏实地努力奋斗。成为一名优秀的登山向导也是如此，必须在实际攀登过程中，打磨自身技能，丰富自身经验，对客户尽心尽力，只有这样，才能让客户信任、认可，人生的道路才能越走越宽。

回顾我的职业高山向导生涯，我一共带领过全世界数百名登山爱好者攀登过珠峰及其他海拔 6000、7000、8000 米以上的山峰。学无止境，在高山向导这条道路上，我还会继续努力，帮助更多人实现他们的登山梦。

2017、2018年

守护比征服更有意义

1997年，西藏自治区登山协会在珠峰北坡发起第一次清扫活动，对20世纪六七十年代遗留的氧气瓶等生活垃圾进行清理，活动视频在当年的东京世界气候大会上播放，引起世界关注。在那之后，公益团队陆续对珠峰北坡进行清扫，参与者大多为非专业人士。

2011年，尼泊尔政府联合多个公益组织在珠峰南坡发起大规模清扫行动，足足持续一个月。这一支由登山爱好者组织成立的40人队伍，大约带走8.1吨垃圾……

近年来，随着珠峰攀登人数的增加和商业登山的兴起，越来越多的国家和社会公益团体开始关注珠峰环保。2017年以前，我的主要任务只是带客户攀登珠峰，但从2017年开始，我肩上的责任又多了一份：除了正常带客户登山之外，环保事业成为我的第二个工作重心，我开始大力投身于珠峰环保……

思想触动

我第一次产生从事高山环保的念头是在2003年。那一年我带一个日本

圣山高山环保队员，在海拔 6500 米处清理历届攀登的所有垃圾

团队去攀登海拔 6536 米的姜桑拉姆峰（地处拉轨冈日山脉，东经 90.3°，北纬 28.8°，位于西藏自治区日喀则市江孜县和山南市浪卡子县交界处，被当地人尊称为“智慧女神”），队伍里有 8 个日本老师，我作为一名协作陪同攀登。

有一个老师给我的印象特别深刻。当时团队里只有他抽烟，但他从来不在队员面前抽烟，也不在帐篷里抽，每次都跑到外面去，抽完之后再回来，而且每次抽完一定会把烟蒂扔到垃圾桶里。

后来攀登到海拔 5000 米的时候，他干脆在脖子上挂了一个盒子，把攀登途中的烟蒂和烟灰都收集到这个盒子里，等回到营地再将其丢在垃圾桶里面，第二天继续用盒子储存烟灰烟蒂，整个攀登过程没有让一丝烟灰留

高云红登顶珠峰

在雪山上。

这样强烈的环保意识让我深受触动，一个远道而来的人，尚且能做到爱护每一寸土地，我们这些被大山养育、终日与山为伴的人，不是更应该爱护这些雪山吗？

从那之后，只要一看到山上的垃圾，那位日本朋友的行为和面容就浮现在我的眼前，而我选择致力于环保事业最初也是源于他的启发。

这件事之后，我开始陆陆续续做一些关于环保的事情，每次攀登也会随身带下一些垃圾，但并没有真正把它当成一份事业来做，直到 2017 年……

那一年我带的客户叫高云红，我们叫他达飞，50 多岁，是一名金融行

圣山队员胜利归来到珠峰 8660 米处

高山向导在海拔 6500 米进行垃圾分类

业的高级管理人员，身体各方面也都不错。2016 年秋季，我带他攀登过卓奥友峰。我的很多客户都是在攀登卓奥友峰时认识的，他们对我也有一定的了解，再加上他们信任我的专业技能，对我非常放心，于是后面攀登珠峰的时候往往都会指定我做他们的向导。

2017 年那一次是我和另外一个向导负责陪同他登珠峰，他虽然是企业家，但与人相处时从不摆架子、不搞特殊，生活各方面都和我们一样，同时他也很谦虚，是一个特别和善的人，而且他特别热衷于做慈善。当时阿里有一个北京贫困基金，他就经常去阿里的贫困小学看望孩子们。除此以外，还积极帮扶当地的赤脚医生，这些赤脚医生没有固定编制，但有一定的医疗知识和能力，有时白天务农，晚上就到每个村子里去给村民看病，哪里有人生病，赤脚医生就到哪里去。

扎西次仁在海拔 8300 米处的暴风雪中捡垃圾

对于贫困小学和当地的赤脚医生，达飞都捐助了不少钱。在他看来，教育和医疗是贫困地区的重点问题，因此多年来，他赚的钱很大一部分都用在了这上面，有的贫困大学生需要学费资助，他也会给予支援。

他在慈善事业上的付出给我留下了很深的印象，网上也有很多关于他的报道，我们的山友群里也曾经提到他的事迹，但我当时并不知道我的客户就是他们说的那个达飞。攀登之前，我们一般都会和客户做一些沟通，他和我聊到他每年来阿里做慈善的事情，我才知道他就是平日里山友们口里的达飞。如果一个人用一年的时间去做慈善，可以说是一时兴起，但只有真正热爱慈善、甘于奉献的人，才能够将慈善事业一直坚持下去。

这两个人的观点和经历，都使我在思想上深受触动。在那位日本老师的身上，我学到了人要有环保意识，要爱护高山，更要爱护世界上的每一寸土地；在热爱慈善的达飞身上，我明白了人要勇于奉献，为社会、为贫困地区贡献自己的力量。

从事环保事业，既能守护养育我们的大山，同时又可以为当地的环境保护贡献自己的微薄之力，这不正是两者最好的结合吗？

从2003年到现在，我的每一次攀登都很顺利，都没有遭到大自然的惩罚，尽管有过几次登顶失败的经历，但人身安全从来没有受到过威胁，甚至包括2015年尼泊尔大地震，整个喜马拉雅山脉都因为地震而剧烈晃动的时候，我都化险为夷。

我认为，这一切都是我们对山的敬畏、热爱和保护，受到神山眷顾和庇护的结果。

神山养育了我们，也庇护了我们，所以我决定投身环保事业，用自己的实际行动来守护神山的圣洁。

真正投身于环保事业

2004年，万科公益基金会与腾讯公益基金会联合发起“零公里行动”，旨在呼吁通过生活垃圾的前端分类解决城市垃圾问题，其中有一个环节就是在珠峰捡垃圾。这个工作的主要执行者是来自西藏圣山探险公司的专业向导们，负责将海拔5200米到珠峰顶峰所有的垃圾捡起来，并在海拔6500米的营地和海拔5200米的珠峰大本营对所有垃圾进行分类整理。

2014 年，我们也对珠峰的遇难者遗体进行了一次集中安置，这些都与环保息息相关，但我真正大力投身于环保事业是在 2017 年。

每年的 5 月 1 日是我们自发设立的登山环保节，到了那一天，西藏登山协会的全体成员和在珠峰上的所有人，只要身在珠峰，不管在哪个海拔高度，都要在那附近捡垃圾，然后把垃圾清理掉。西藏体育局和西藏登山管理中心对珠峰环保非常重视，作为一名高山向导，我们也很乐意身体力行地去守护养育我们的大山。

2008 年，我开始拿起相机拍照，那一年奥运圣火登顶珠峰时，我拍下了吉吉第一棒火炬被点燃的照片，这引起众多摄影爱好者和新闻界的关注，我也得到了很多人的鼓励，让我更加热爱摄影，走到哪里都喜欢拿起相机拍几张。

2017 年 11 月 12 日，我正式出版了个人摄影集《喜马拉雅之子》，当时是从 6 月开始筹备，我找单位借了一些钱，再加上过去的存款，用了近半年的时间才完成，但出版摄影集并不是为了赚钱，而是希望更多的人看到珠峰上的美景和传播登山文化。

很多人由于体能和经济条件的限制，无法攀登到海拔 8000 米以上，但他们也很想看看上面的风景：在海拔 5000 米以上如何生活？海拔 6000 米以上有哪些美景？攀登到海拔 8844.43 米要经历哪些艰难险阻？很多人对此都不了解，以前虽然有一些照片，但并没有完整的记录从海拔 5200 米到 8844.43 米的全过程。于是我便萌生出想要拍摄珠峰攀登系列照片的想法。在西藏摄影家协会的鼓励帮助下，当时我拍了近 3 万张照片，最后从中选一部分出版，这本摄影集基本上全方位地展示了珠峰攀登过程中的全记录。

在海拔 6500 米处回收垃圾

2017 年 11 月 12 日，在西藏圣山探险公司、西藏摄影家协会、次仁齐阿雪山博物馆的帮助下，我在拉萨举办了第一次个人摄影展，并在摄影展上进行了摄影集义卖活动。很多媒体单位、西藏摄影家协会会员和摄影爱好者都出席了摄影展开幕式，西藏登山界的全体成员也来给我捧场。

在义卖现场，我做了一个珠峰环保募捐箱，在场的成员只需要随意捐赠一点钱，都可以免费拿到一本摄影集。那天我免费发放了近 500 本摄影集，募集到了 8000 多元钱，我把这些钱都捐给了喜马拉雅高海拔环保基金会。

我的想法很简单，我是一名高山向导，而我拍摄的照片也都是雪山上的风景，因此这本摄影集赚取的经费也全都用于高山环保，我用这种方式来回报雪山的养育和庇佑。我的这种为珠峰环保事业做贡献的行为，在向导和协

扎西次仁在海拔 8300 米处捡垃圾

作群体中树立了榜样，其他向导和协作员们也期望有朝一日能像我一样，可以出摄影集办展览，或各尽所能为珠峰环保事业尽自己的一份力。

在我带过的山友和一些企业家中，很多都非常乐意做环保，也十分支持我的工作，于是我们便向部分有意愿的人募集资金，用于珠峰环保事业及传播登山文化事业的发展。

近几年来，我们开展珠穆朗玛峰、卓奥友峰、希夏邦马峰登山垃圾清洁大行动时，万科集团董事会主席郁亮捐助了 10 万元，再加上我卖摄影集的利润，都用在了高海拔垃圾清扫行动中。为珠峰环保贡献一己之力，这是我对山的感恩。

2018 年 4 月 30 日，由西藏自治区体育局主办，西藏自治区登山运动管理中心（西藏自治区登山协会）、西藏圣山登山探险服务公司、西藏自治区登山队和西藏喜马拉雅高山向导学校承办的“西藏喜马拉雅高山环境保护基金会”正式成立。

在珠峰上，生活垃圾占据了绝大部分。生锈的铁皮罐头和未用完的番茄酱大多来自西方登山者；而红牛饮料与拉萨啤酒，大多来自中国登山者。最糟糕的是，散落在石缝中的残羹剩饭，在太阳照射下基本都已经变质，大家只能忍着恶臭，一点点收集起来送下山。

在海拔 7028、7790 和 8300 米的营地周围，废弃的高山装备是主要的垃圾源。被风刮破的帐篷，已经冻在冰雪里无法拔出；登山绳也由于长时间强紫外线的照射而变脆，只能扔弃；下撤时为了减轻负重，很多高山煤气罐被也散落在营地周围……

除此之外，更多的垃圾则是空氧气瓶。尤其是在海拔 7000 米以上的营地，必须依靠吸氧才能入睡，而作为登顶前的最后一个营地——海拔 8300 米的突击营地，是登山者更换装备和发起冲锋的前哨。登山者通常在凌晨时分背着两到三个 4 升的氧气瓶从这里出发，行至海拔 8700 米时吸完一个，换上第二个氧气瓶，向着 8844.43 米的峰顶发起最后的冲击。大部分换下的氧气瓶都是由向导背回前进营地，公司需要回收，除非攀登者遇到危险情况才会遗留下极少量的氧气瓶。

那次行动主要是靠珠峰上专业的藏族登山向导、夏尔巴向导来完成，他们在上去的时候主要负责攀登，下撤的过程中就将珠峰上的垃圾带下来。

我负责在海拔 6500 米的营地对向导们捡回的垃圾进行称重回收，再由牦牛运到大本营，最后用车拉出来。对于带垃圾下来的人我们都会给予奖励，按照每千克 15 美元的价格回收，捡的垃圾越多，奖励也越多。有的人攀登一次就能拿到近一万元的奖励，也有的人一分钱没拿到，这是因为他们的体能不允许，因此没办法再额外带垃圾下来，有的人则是因为还没有足够的环保意识。

我自己下山的时候也会背一些垃圾下来，同时鼓励和我一起的其他向导也一起收集垃圾，有时垃圾甚至塞满了我的背包。因为我在高海拔地区的适应能力非常强，体能也很好，每次都可以带很多垃圾，我会把垃圾分一部分给其他向导，让他们拿去称重换取奖励，以此鼓励他们。

当地村民也会去捡垃圾，连路边的小袋子和不起眼的饮料瓶盖都会拿下来，去换取一定的奖励来补贴生活。

由此可以看出大家对环保事业都非常支持，我觉得那次行动非常成功。我没有去过珠峰南坡，但我觉得北坡在这方面做得比较好，也很希望南坡那边也可以像我们这样做。

2018 年，我们去攀登北美最高峰麦金利山时，发现他们的环保做得特别好。当时我在拆营地的时候，不小心将一个咖啡袋残余的一点咖啡粉撒在了雪地上，就被营地管理人员严厉地大声斥责，最后我把散落在雪地上的咖啡粉全部捡起来，装进垃圾袋扔到垃圾回收处。在每个营地也几乎看不到生活垃圾。

除此之外，在登山的时候，他们每个人都会备一个尿壶及便桶，小便就在这个尿壶里面，路上沿途都不允许随地大小便。到了营地，会有一个固定的地方来倒这些排泄物。营地也都修了厕所，大小便都只能在厕所里面解决。

圣山高山向导们在攀登北美最高峰麦金利时，把自己排泄物带回山脚

登山者排泄物的清理和搬运一直是珠峰环保中比较棘手的难题，而他们的办法很好地解决了这一难题，于是回来之后，我们决定借鉴他们的做法——建设环保厕所。

高海拔的人类排泄物一般集中在北坳营地，也就是海拔 7028 米的地方。因为海拔 8000 米以上是离太阳最近的地方，风也特别大，大便基本上马上就会腐烂融化，另一个原因就是在海拔 8000 米以上，人本来就不怎么进食，而且只待一个晚上，确切地说就几个小时，所以在海拔 8000 米以上几乎没有排泄需求。

一番计划之后，2019 年，我们在珠峰北坳修建了环保厕所。那是海拔最高的厕所，也是一个移动厕所，这个厕所不仅供我们团队使用，也开放

珠峰海拔 6000 米以上的垃圾站

给所有登山团队使用。刚开始的时候我们只是搭了一个帐篷，后来在尼泊尔买了一个塑料桶，就是类似于我们装涂料的那种塑料桶，非常结实且防水，然后在塑料桶的里面外面各套上一个塑料袋，同时用一个盖子密封起来，每次攀登结束后就把排泄物运到山下扎西村的农田里面当肥料。

从海拔 6500 到 7028 米的排泄物，由我们人力运输，海拔 6500 米以下就通过牦牛运输。

在此之前，我们都是自己用袋子把自己的粪便带下来，心里总会有点不舒服，有了环保厕所之后就方便多了，而且我们要求每个团队都必须把它带下来，我们规定，带下来后会给每个团队支付 2000 元钱的奖励，事实证明，这样做的效果也很好。

登顶珠峰的王迅阳

功夫不负有心人

在我们的不懈努力下，珠峰的环境状况得到了极大的改善，空闲时，我们也会进行环保宣传，努力将环保意识传递给更多的人。2018 年，我带了一个 50 多岁的客户，他叫王迅阳，上海人，我给他讲了许多我们最近在做的环保行动，他深受感动。

“虽然我不能像你们一样把珠峰环保当成一份事业来做，但是只要我在这里，我就会尽自己所能和你们一起，为这座神山的圣洁贡献力量！”他一边低头捡垃圾，一边对我说道。

下撤途中，尽管已经十分疲惫，他还是带了很多垃圾下来……

在我带的客户中，很多都是有影响力的企业家，在事业上也取得过很大的成就，但他们从来都没有那种趾高气扬的姿态，有时甚至比我们还谦虚。我经常给队伍里的向导和协作讲他们的故事，以此鼓励他们向那些优秀的企业家学习。我也相信，今后还会有第二个、第三个王迅阳，会有越来越多的人加入这一份神圣的工作中来。

现在网络上很多人都说珠峰处处是垃圾和遇难者遗体，这些言论都言过其实。我并不是说完全没有，因为人在攀登途中如果遇到危险，肯定要先保证自己的生命安全，有时就必须舍弃一些没用的装备，但并没有网上说的那么夸张，而且近年来我们一直都在清理。

2019 年，我们带牦牛到海拔 6500 米准备运输垃圾的时候，发现向导们在攀登途中已经没有垃圾可捡。在攀登的过程中只要看到一点垃圾，随行的队员都会马上捡起来带走，甚至有时候还会抢着捡，这让我们特别高兴，从之前的捡垃圾到抢垃圾，可见我们的工作取得了显著成效。

“除了脚印，什么也不要留下。”这是中外登山者共同倡导的珠峰登山环保理念。每一次攀登，能带的垃圾，我们都必须带下来，就算遇到突发状况，不能及时带下山，也会在第二年修路的时候带下来。因此目前珠峰上基本已经没有垃圾 。

回顾这些年的职业生涯，除了帮助客人实现登上世界之巅的梦想之外，我做过最有意义的事情就是在珠峰捡垃圾、做环保。

很多人说我是英雄，因为我曾经十几次登顶珠峰，又为环保事业做出了力所能及的贡献，但我从来没有认为自己是一个英雄。我的目的不是登顶珠峰，我只是带着一颗虔诚的心去亲近神山、守护神山。

对我而言，从事珠峰环保事业不只是一份责任，更是一种信仰，是对珠峰的尊重。其实在这个世界上一直都有很多人在看不到的地方为我们的行为买单，而我们要做的，就是从身边的每一件小事开始，让这世界一点一点地变好。我也希望今后能够有更多的人加入我们。

在高山向导这条道路上，我还会继续努力，同时发扬“吃苦耐劳，专业过硬；助人为本，团结协作；尊重自然，热爱生命；祖国至上，勇攀高峰”的登山向导精神，帮助更多人实现他们的登山梦。

2019年

挑战生命更多的可能

2019年5月，珠峰南坡海拔8790米的希拉里台阶，一条长长的人字形队伍拥堵在这里，300多名攀登者排成长龙，寸步难行，珠峰迎来“大堵车”的困境。高山上寒冷而缺氧的天气，让每位攀登者瑟瑟发抖，只能通过跺脚、拍手、攥拳维持体温。抬眼望去，前方是缓慢挪动的返程人员，后方是张望等待的前进队员，每个人的脸上都流露出焦急、无奈的神色，等待越久，危险就越大。

城市的拥堵令人心烦意乱，珠峰的拥堵却是致命的绝境。希拉里台阶被称为“死亡禁区”，这是一处几乎垂直的裸露山体岩石断面，每次通行只能双脚交错行走。上行时左侧是万丈悬崖，右侧是万年冰壁，下方是海拔8790米的万丈悬崖，恐惧、危急时刻席卷着每位攀登者的内心。

与以往相比，2019年攀登珠峰北坡的人数大大增加。每年攀登珠峰北坡的人数都严格控制在300人以内，包含队员和向导。2019年，珠峰南坡有381人获得攀登许可证。天气变化异常，让此次攀登珠峰的窗口期缩短至3天，这反而刺激更多的人前往珠峰攀登。由于每位攀登者技术、体力、速度都不一样，加上没有专业的向导带队指挥，更容易出现“堵车”现象。

扎西次仁陪同客户攀登

2019 年是珠峰南坡最拥堵的一年，也是最惨烈的一年，每个人都会记住这历史性的一年。对我来说，2019 年是意义重大的一年，因为我的身份不再是单一的高山向导，而是一名共享向导，同时也是高山救援队队长，肩负着高山救援的重要使命。

多年的攀登生涯，让我从一名高山协作蜕变为一名优秀的高山向导，我的能力得到了更多人的认可，越来越多的队员指定要我担任他们的向导。看着这么多队员需要我，我很感动却也无奈，因为只凭我一人根本照顾不了这么多队员。考虑到我各方面能力较强，又是高山救援队队长，大本营总指挥次仁桑珠校长告诉我，从 2019 年开始，我不再只是单独某一个人的向导，而是整个团队的共享向导。

珠峰上的摄影师——扎西

海拔 8000 米以上的世界，是一个天气寒冷、氧气含量低、时刻充斥着狂风和冰雪的恶劣世界。在高海拔地带上行走，每一步都异常缓慢，仿佛随时会停止前进。越往上，队员的体力消耗越大，高山适应能力越差，伴随而来的还有对高海拔的恐惧心理，每位队员的心理和生理都承受着极限的压力，随时都有可能出现状况。为了帮助每位队员顺利实现冲顶珠峰的梦想，共享向导的作用就显得至关重要。

攀登过程中，我不仅是团队里的共享向导，帮助队员登顶，还是团队的摄影师。我喜欢摄影，每次登顶珠峰，队员们都会让我帮他们拍照。对这些队员来说，登顶珠峰的机会一生或许只有一次，大部分的人来了一次就不会再来第二次，他们都希望能在珠峰上面留下更多的照片作为人生的纪念。

摄影给我的生活增添了乐趣。我喜欢用镜头定格队员冲顶珠峰的喜悦，更喜欢用镜头将最高处的风景展现在更多人面前。海拔 8844.43 米的世界之巅，巍峨的雪山直入云霄，在阳光的照射下显得晶莹俊秀，朵朵白云在山间浮动，犹如被风吹起的白色经幡，给人神圣、安定之感，最高处的风景总是让人惊叹不已。

雪鸡，生活在海拔 4000 ～ 5000 米，食物主要是高山药草

冰鸦，生活在海拔 6500 米处，能飞行至海拔 8000 米的高度

每个人心中都有一个“珠峰梦”，但并不是每个人都能有机会欣赏到海拔 8000 米以上的风景。十几年的向导生涯，让我见证了珠峰的巍峨与壮美，作为高山摄影师，我愿意将珠峰的美景展现在世人面前，让更多人领略珠峰的魅力与精彩。

我将拍摄的照片结集成册出版，人们可以通过我的摄影集看到珠峰上的美景。对我而言，这不仅仅是一本书，更是我多年攀登生涯的写照。摄影集出版的收入，我全都用在高山环保和资助贫困学生上面，自己一分没留。

到目前为止，我总共资助了两名学生，2018 和 2019 年，我分别资助了

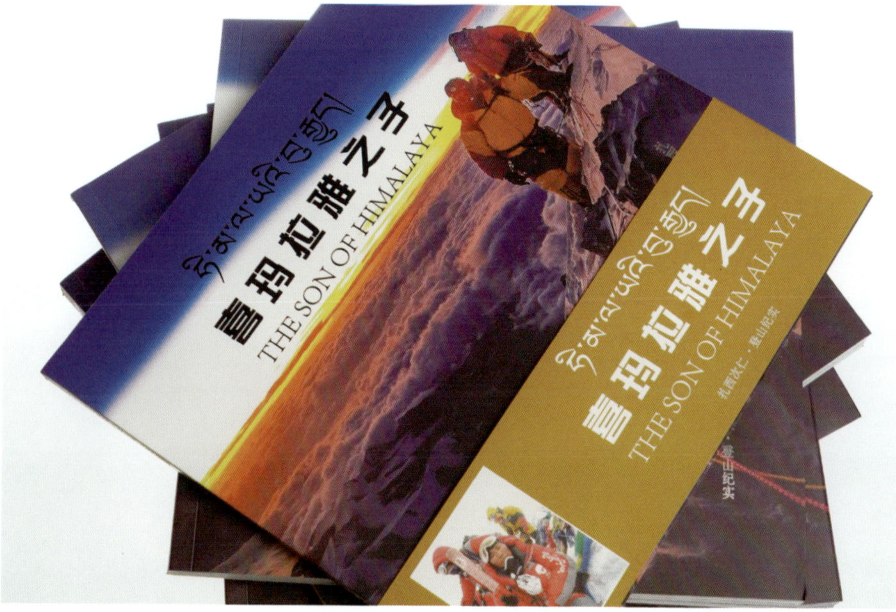

扎西次仁的画册《喜马拉雅之子》

一名贫困学生顺利考上大学，听到这个消息，我既高兴又欣慰。在我看来，这是一件很有意义的事情，因为我用自己小小的力量改变了这个贫困大学生的命运，给他的生活带来了新的希望。

我的工资并不高，但我心甘情愿把钱拿去做环保、资助贫困学生，这会让我的内心感到充实、富足。

在我们藏族同胞眼里，财富是身外之物，一生只要吃饱穿暖即可，不用过多地追求财富。赤身而来，赤身而去，是我们坚持的精神信条，在我们的信仰里，精神的富足远胜于物质的享受。

“知足懂生活”是我们藏族同胞的幸福观，“简单、淡泊”是我们对待

珠峰就在群山中央

生活的态度。我相信，每一代人都有自己的福气，挣的钱只要够花就行，不用想着留给后代，也不用担心他们的生活，他们有属于自己的福气。

我们做任何事情都是非功利的，登山也是如此。在多数人看来，珠峰是名与利的象征，光荣的背后承载的是金钱的诱惑，而我们藏族同胞却不一样。每次带领客户攀登珠峰，都要耗时两个月才能完成，时间长、任务重、危险大，是我们每天工作的常态。每次攀登结束，我们所得费用并不高，但这丝毫不影响我们攀登珠峰的热情。登山，是因为我们爱山，山是守护我们的神明，也是我们最后的归宿。

我们对山的感情是纯粹而热烈的。每次攀登，我们内心都不会有太多复杂的想法，有的只是对雪山的崇敬与敬仰。我们信仰“万物有灵”“因果

循环”，每次进山之前，我们都会有转山、煨桑仪式，在山顶吃着糌粑，跳着锅庄，以此表达对神明的尊敬和信仰，祈求神明保佑我们一切顺利。

在这么多年的攀登生涯中，我们西藏登山队的向导们极少出事，在我们看来，是神明在保佑我们，因为我们内心干净、虔诚，没有过多的杂念。神明，守护着我们，我们也要回报神明。对我而言，回报神明最好的办法，就是高山环保，维护珠峰的神圣与圣洁。

我们每位藏族同胞都热爱雪山，即使我们生活并不富裕，依然愿意以自己的绵薄之力保护雪山的环境。我们生活简单朴素，却非常幸福，因为我们思想单纯，知足常乐，不会过多追求财富，不会担心财富会被人抢夺。我们深刻明白懂知足、懂生活，才是人生最大的福气。

上　高山向导的归宿，就是登山
下　第三届西藏喜马拉雅登山向导节合影留念

从第一次攀登珠峰到现在，我依然坚守着“知足常乐”的生活观和幸福观。不管工资高低，不论困难险阻，都抵挡不了我攀登珠峰的步伐，一切无关金钱，无关名利。对我而言，珠峰已是我生活的一部分，是我生命的指引者。

人生最精彩的不是实现梦想的瞬间，而是坚持梦想的过程，攀登珠峰就是我坚持梦想、坚守信仰的过程。我享受登山的过程，在圣洁的珠穆朗玛峰上攀登，能让我摆脱尘世的浮躁与喧嚣，找到最真实、最纯粹的自己。

“能再登几次珠峰就再登几次”，这是我对自己许下的承诺。长年行走在海拔 8000 米以上的冰雪世界，让我渴望与珠峰亲近，感受自然的神秘与美妙。回顾自己十几年的攀登生涯，我感谢高山向导这份职业，它让我初心不改，坚守着内心的底线和原则。

扎西次仁个人攀登简历

扎西次仁带领团队登山一览表

时间	职责	带领团队名称	攀登山峰	抵达海拔高度
2002 年 4 月	协作	重庆劲窿摩托车攀登珠峰队	珠穆朗玛峰	到达 6116 米
2003 年 8 月	协作	日本队攀登姜桑拉姆峰	姜桑拉姆峰	到达 6250 米
2003 年至 2017 年	协作、向导	喜马拉雅国际队、美国国际队	卓奥友峰	共 8 次登顶 8201 米
2004 年 5 月	协作	喜马拉雅国际珠峰登山队	珠穆朗玛峰	到达 8600 米
2004 年至 2013 年	教练、向导	国家登山队、新疆登山队、圣山队	慕士塔格峰	共 5 次登顶 7546 米
2004 年 8 月	协作	国内队攀登启孜峰	启孜峰	到达 5800 米
2004 年 9 月 2011 年 10 月 17 日	向导 总指挥	新西兰登山队 雅拉香波宁峰队	宁金康沙峰	登顶 2 次 7206 米
2005 年 6 月	向导	喜马拉雅国际珠峰登山队	珠穆朗玛峰	到达 8600 米
2006 年 7 月	教练	清华大学登山队	雀儿山	登顶 6162 米
2006 年 8 月与 9 月 2011 年 9 月、2012 年 2013 年	向导	韩国登山队、韩国大学联合登山队、奥运火炬队训练、奥运火炬队冬训	启孜峰	共 8 次登顶 6206 米

续表：

时间	职责	带领团队名称	攀登山峰	抵达海拔高度
2007 年 8 月	教练	清华大学登山队	宁金康沙峰	到达 7150 米
2007 年 8 月	教练	北航登山队	念青唐古拉主峰中央峰	登顶 7117 米
2009、2018 年	领队、向导	09 圣山希夏邦玛峰登山队 2018 年雅拉香波希夏邦马峰登山团	希夏邦玛峰	共 2 次登顶 8012 米
2010 年 4 月 20 日	向导	德国向东峰（拉巴日）队	拉巴日峰	登顶 7050 米
2010 年 10 月	领队、向导	圣山卓峰队	卓奥友峰	到达 7950 米
2012 年 10 月 8 日	总指挥	圣山卓奥友峰队	卓奥友峰	到达 7150 米
2014 年 4 月 30 日	攀登领队	圣山珠峰队（个人扭脚原因）	珠穆朗玛峰	到达 8400 米
2014 年 10 月 1 日	攀登领队	雅拉香波卓奥友峰登山队（流雪）	卓奥友峰	到达 7790 米
2015 年 4 月 24 日	带队教练	雅拉香波珠峰登山队队员教练（尼泊尔地震 8.1 级引起）	珠穆朗玛峰	到达 6950 米
2015 年 10 月 1 日	攀登领队	雅拉香波卓木拉日康滑雪登山队	卓木拉日康	登顶 7010 米
2017 年 12 月底	向导	圣山“7+2”全球探游——阿空加瓜队	阿空加瓜峰	登顶 6962 米
2018 年 7 月	向导	圣山“7+2”全球探游——麦金利队	麦金利	登顶 6194 米
2019 年 7 月	领队	洛堆峰国内队	洛堆峰	登顶 6010 米
2003 年至 2020 年	协作、向导、修路、队员、领队	喜马拉雅国际队、火炬测试队、奥运火炬传递珠峰队、圣山队	珠穆朗玛峰	共 15 次登顶 8844.43 米

扎西次仁带领个人登山一览表

时间	职责	队伍、客户名称	客户国籍	高度及山峰	原因
2003年5月30日	向导	喜马拉雅国际队的Jorce	美国	登顶海拔8844.43米珠穆朗玛峰北坡	
2004年5月20日	独立向导	喜马拉雅国际队（一只手臂登珠峰的创造纪录人）	瑞士	到达海拔8600米处	因客户个人的身体原因一手力气不够，而陪同客户返回下撤，放弃登顶
2005年5月16日	独立向导	喜马拉雅国际队的Mark（无氧登顶珠峰的创纪录人）	丹麦	到达海拔8650米处	因为冲顶的天气比较差，且客户无氧冲顶，而扎西考虑他的安全跟随陪同返回下撤，放弃冲顶机会
2006年4月30日	修路队	珠穆朗玛峰修路队（三名夏尔巴向导和三名藏族向导）		登顶海拔8844.43米珠穆朗玛峰北坡	
2006年5月24日	摄影	喜马拉雅国际队（英国广播电视现场直播的《Discovery》登山电影）	英国	登顶海拔8844.43米珠穆朗玛峰北坡	
2007年5月9日	队员	北京奥运会的火炬珠峰测试队		登顶海拔8844.43米珠穆朗玛峰北坡	
2008年5月8日	向导	北京奥运会的珠峰圣火传递队		登顶海拔8844.43米珠穆朗玛峰北坡	
2009年5月17日	向导	圣山珠峰队将大连一对夫妻送上顶峰（林涛、朝阳）	中国	登顶海拔8844.43米珠穆朗玛峰北坡	
2010年5月19日	向导	圣山珠峰队将孙冕送上顶峰（国内年龄最高登顶珠峰北坡人，58岁）	中国	登顶海拔8844.43米珠穆朗玛峰北坡	
2011年5月	向导	圣山珠峰队将黄炎良送上顶峰（现香港人登珠峰年龄最高人，60岁）	中国香港	登顶海拔8844.43米珠穆朗玛峰北坡	
2011年10月	总指挥	2011年圣山宁金康沙峰团队	中国	登顶海拔7206米宁金康沙峰	
2012年5月	领队	圣山VIP团队（莫悦宁）	中国香港	登顶海拔8844.43米珠穆朗玛峰北坡	

续表：

时间	职责	队伍、客户名称	客户国籍	高度及山峰	原因
2012 年 7 月 5 日	领队	圣山慕士塔格峰团队	中国	登顶海拔 7546 米 慕士塔格峰	
2013 年 5 月 18 日	领队	圣山中城联盟珠峰登山队 （郁亮）	中国	登顶海拔 8844.43 米 珠穆朗玛峰北坡	
2014 年 5 月	攀登领队	圣山珠峰登山队	中国	到达海拔 8400 米	珠峰冲顶天气窗口推迟，扎西在大本营修整等待，跳锅庄时不小心扭伤脚导致骨折而无法继续冲顶
2015 年 5 月	带队教练	雅拉香波珠峰登山队	中国	到达海拔 6950 米	尼泊尔 8.1 级地震
2016 年 5 月	攀登领队	雅拉香波珠峰登山队 （上海企业家——薛伟）	中国	登顶海拔 8844.43 米 珠穆朗玛峰南坡	
2017 年 5 月	攀登领队	雅拉香波珠峰登山队 （深圳企业家——高云红）	中国	登顶海拔 8844.43 米 珠穆朗玛峰南坡	
2018 年 5 月	攀登领队	雅拉香波珠峰登山队 （上海企业家——王迅阳）	中国	登顶海拔 8844.43 米 珠穆朗玛峰南坡	

扎西次仁荣誉与成就

获得荣誉

一次获得：国家体育运动荣誉奖章

两次获得：国家体育运动健将称号

高山摄影（登山文化）成就

2013 年加入西藏摄影家协会会员

2014 年加入中国摄影家协会会员

2015 年当选西藏摄影家协会委员

2019 年当选西藏摄影家协会副主席

2017 年 11 月 12 日首次举办个人摄影展在拉萨“喜马拉雅圣山扎西次仁摄影展”

2017 年 11 月首次出版个人摄影画册《喜马拉雅之子》

2008 年获得平遥国际摄影奖，2013 年获得珠穆朗玛峰摄影金奖

曾获中美摄影展优秀奖，先后多次获得西南（区、市）六省摄影展奖，并在珠穆朗玛摄影大赛中多次获奖

珠峰真相问答

问：为什么人们对珠峰的高度说法不一样，有的说是 8848 米，有的说是 8848.86 米？

扎西次仁答：珠峰分为南坡和北坡。北坡在中国境内，南坡在尼泊尔境内。2020 年，中国经过最新测量得出珠峰的高度为 8848.86 米，这是岩石的高度；尼泊尔测量出的结果为 8848 米，这是雪的高度。成功登顶珠峰后，相关部门会给每位攀登者颁发证书。

问：珠峰有没有神秘的传说？

扎西次仁答：喜马拉雅山脉上生存的藏民族和夏尔巴族中流传着一个传说。喜马拉雅山脉从最西端的南迦巴尔特峰开始，到最东端的南迦巴瓦峰之间 2450 千米的山脉中，有 5 位仙女守护着整个喜马拉雅山脉，其中的第三女神就是珠穆朗玛。

问：在珠峰上，吃什么食物对登山者而言是比较合适的？您一般都会储备哪些食物？

扎西次仁答：其实在海拔超过 8000 米的地方，人根本吃不下太多东西。一般情况下，大部分登山队员吃的都是专业的高山食品，即热量高、营养丰富、袋装轻便的食品。我们团队专业的登山向导和夏尔巴人吃的食物主要是糌粑（青稞面）和风干牛肉。

问：在攀登珠峰的过程中，一般多久休息一次？

扎西次仁答：在攀登珠峰的过程中，登山团队基本上每天都会行军五个小时，每行军一个小时会休息 15 分钟，以补充能量。

问：在珠峰上会采用哪种方式睡觉？

扎西次仁答：各个营地都有搭建登山专用的小帐篷，登山队员都会在帐篷里睡觉。

问：珠峰上可以上网吗？

扎西次仁答：珠峰海拔 7500 米以上到顶峰的这段区域，移动、电信通讯都是有信号的，而且还是 4G 信号。海事和铱星的卫星电话我们都在用，这两个各有优势：一个上网信号好，一个价钱更便宜。

问：高山向导的工资高吗？

扎西次仁答：攀登一次珠峰，需要花费两个月的时间，获得的收入大概是 1 万元左右。平时向导们也有工资补助，低海拔 6000 米以下的地方补助是一天 40 元钱，但补助并不是向导们唯一的收入来源。有一些客户如果比较欣赏向导，会给他们一些小费。钱多钱少对于藏族向导而言并不重要，在藏人眼里，财富是身外之物，一生只要吃饱穿暖即可，他们不会过多地追求财富。赤身而来，赤身而去，是他们坚持的精神信条。在他们的信仰里，精神的富足远胜于物质的享受。“知足懂生活”是藏人的幸福观，“简单、淡泊”是他们对待生活的态度。

问：在您攀登珠峰期间，曾见过哪些动物？

扎西次仁答：岩羊、牦牛、野驴、绵羊、藏羚羊、狐狸、雪豹、狼、藏獒、獐子、雪鸡、老鹰、秃鹫、乌鸦、冰鸦等。

问：珠峰上的垃圾是如何处理的？

扎西次仁答：（1）高山上的垃圾以每千克15美元的价格分配给各个向导，捡拾垃圾越多的人，所获奖励也越多；（2）相关部门成立了高山环境保护基金会，基金会将筹集的资金运用到高山环保中；（3）鼓励当地村民去捡垃圾，给予其一定的奖励；（4）借鉴国外先进做法，在高山上建立环保厕所，产生的排泄物由登山团队带下来，每人有1000元的奖励；（5）每年的5月1日是西藏的“登山环保节”。当天，喜马拉雅北坡攀登的所有向导、协作，国际国内的全体队员和西藏登山协会指导的当地民工，都会在珠峰附近捡拾垃圾，然后清理掉。

问：尽管加强了珠峰垃圾的管理，但大家仍然担心垃圾过多会破坏珠峰的生态环境。对此，我们还需要做哪些努力？

扎西次仁答：对于一名攀登者来说，在攀登过程中除了自己的脚印和攀登的记忆之外，什么都不要留在山里，这是最基本的素养。能带上的物品，必须自己背下来。

问：成为珠峰向导需要具备哪些条件？

扎西次仁答：（1）具有专业的攀登技能，如攀岩、攀冰、绳结知识等；（2）具有专业的攀登理论知识，如判断地形地貌、气象预测等，还需了解当地的民风民俗、山峰历史等；（3）具有较强的语言沟通能力，懂三种以上语言，如汉语、英语、藏语等；（4）攀登经验丰富；（5）高海拔区适应能力较强；（6）综合能力强，如体能好、有团队精神、能吃苦耐劳等。

问：向导在带领登山者攀登期间，需要为他们做什么？

扎西次仁答：保证登山者的生命安全，在确保安全的前提下护送到山顶，再护送回山脚下。

问：长年在珠峰当向导，会不会对身体健康产生不良影响？

扎西次仁答：长时间在高海拔区域攀登，会导致人的记忆力下降。

问：在攀登珠峰的过程中，有没有遇到过遗体，如果遇到了您会怎么做？

扎西次仁答：2013年以前见过。对我们藏民来说，必须尊重遗体，虽然这个人去世了，但他的灵魂还在，所以我们从逝者身边经过时会给他们献哈达。我们在2014年时曾大规模搜寻过珠峰海拔7000米到8848米之间的所有遗体，进行统一安置，现在攀登路上已经基本看不到遗体了。

问：珠峰上最低温度是多少？

扎西次仁答：在海拔 8848 米的区域，温度大多在 −25 ～ −30℃，舒适温度是 −20 ～ −25℃，极限温度是 −40℃。

问：登山服是不是用特殊材料制成的？

扎西次仁答：登山服用纤维制成，面料轻便，保暖、防风、防水功能更强。以 gore tex 面料为主，透气性好。羽绒类的衣服主要是以鹅绒为主，具有保暖、轻便、舒适的特点。颜色一般要选择鲜艳的，方便判断登山者的具体方位，防止失联。

问：在攀登珠峰的时候，需要准备什么行李？

扎西次仁答：攀登珠峰所需的个人装备大致包括：冲风衣裤、抓毛衣裤、排汗衣裤，连体、分体、羽绒衣裤，睡袋、防潮垫、高山靴以及一套攀登技术装备。除此之外还需要准备团队集体装备包括高山食品、营地食品、通讯（卫星电话）设备、营地宿营装备、氧气设备、电源设备、环保设备、急救设备、修路设备、后勤设备等。

问：如果想要攀登珠峰，需要具备哪些条件？

扎西次仁答：（1）有过攀登海拔 8000 米以上山峰的经验及官方颁发的登顶证书；（2）一个月内的体检报告（三甲以上医院的体检证）；（3）体能强，高海拔区域适应能力强；（4）能吃苦耐劳，注重团结协作；（5）具有足够的攀登经费。

问：攀登珠峰有年龄限制吗？

扎西次仁答：国内有限制，16岁以上才可以攀登珠峰，目前无年龄上限。

问：有人说，登顶时身体和精神上所获得的感受是天堂与地狱同时存在，对此您怎么看？

扎西次仁答：这两种感觉都是有的。当你花费了大量的时间和精力终于登上地球之巅，除了珠峰之外其它山峰都在你的脚下，宛若上天堂；登完下山时，路线曲折、山体陡峭，缺氧、体能消耗大等各种现实问题又会让人产生进入地狱的感觉。

问：在您看来，一个人一辈子最多可以登上珠峰几次？

扎西次仁答：根据大自然的规律和每个人的身体承受极限来决定。以我为例，作为一名登山向导，保护队员的生命安全才是第一目标，登顶只能作为第二目标。

问：攀登珠峰有哪些路线，登山者常走的是哪一条？

扎西次仁答：攀登珠峰的路线共有19条，其中南坡一号路线和北坡的二号路线是传统的攀登路线，90%的攀登者都是通过这两条路线来完成攀登世界之巅的梦想。

问：有一种说法是“有钱就能让人抬着登顶珠峰”，这种说法是真的吗？

扎西次仁答：不可能。珠峰攀登过程中困难重重，第一个难点就是海拔7028米的北坳大冰壁，这是一座相对高差达400多米的大冰墙，给人带来的不仅仅是心灵上的震撼与壮美，还有随时随地可能发生的冰崩和雪崩，在冰壁上攀登，稍不注意就会滑坠数百米，沿途布满了深浅不一的明暗冰缝，攀登尤为困难。

第二个难点就是海拔7790米的大风口营地，对于北坡传统路线的攀登者而言，降雪并不是最大的威胁，最大的威胁是强烈的高空风。大风口长年高风肆虐，猛烈的寒风吹得人站立不稳，每走一步都异常艰难，大大增加了攀登的难度。

第三个难点就是海拔8300米以上的三级台阶。这三级台阶位于一个巨大的横切面处，是一面几乎垂直的裸露山体岩石断面。山路狭窄陡峭，每次通行只能双脚交错行走。上行时左侧是万丈悬崖，右侧是万年冰壁，攀登过程中必须牢牢抓住安全绳才能向上攀登，否则就会有生命安全。

因此，有钱人是抬着上珠峰的这种说法是不现实的。

问：每年攀登珠峰的人数有限制吗？最多是多少？

扎西次仁答：攀登珠峰的人数是有限制的，不然就会出现“堵车”现象，南坡和北坡的人数限制是不同的。

北坡境内，西藏体育局和西藏登山部门对攀登人数的管理非常严格。每年攀登季能上珠峰的人数只有300人，这300人包含了队员以及夏尔巴向导等。向导就有40～50人，能够登顶的也就只有30人左右。每个人根据自己的节奏走，就不会出现“堵车”。

尼泊尔的政策要宽松些，攀登完海拔7000米以上的山峰后，交钱就可以申请攀登珠峰，因此每位攀登者技术、体力、技能是不一致的。而且尼泊尔对人数控制也不严，在珠峰上就会出现“堵车”现象。2019 年 5 月珠峰出现大堵车，原因之一就是人数超过了限制。

问：珠峰上著名的“红雪”是什么？

扎西次仁答：“红雪”，也叫“西瓜雪”，据说尝起来有西瓜的味道。一般来说，喜马拉雅山的红雪大都在主峰的顶端。因为主峰离太阳最近，光线最强，雪衣藻产生的色素也最多，所以就出现了神奇的红雪现象。每当太阳下山的时候，整个山峰都会被印红，非常壮观。

问：每次攀登珠峰之前，是否需要进行体检？

扎西次仁答：每次攀登之前都要进行体检。由于珠峰的攀登周期比较长，除了患有心、肺、脑等大病状疾病的患者不能参与攀登，感冒等小病的患者不会受到影响。

问：女性登山者会因为身体原因放弃攀登珠峰吗？

扎西次仁答：很少，即使是女性登山者，也必须有海拔 8000 米以上山峰的登顶证书才能申请攀登珠峰。在这样的前提下，很少有人会轻言放弃，这无关乎性别。

问：男性和女性在登山方面各有何优势？

扎西次仁答：男性体能较好，女性在高海拔区域的攀登适应性较强。

问：有登山者会在珠峰的石头上刻字以及偷运石头吗？

扎西次仁答：我在海拔5200米以上的珠峰攀登路上没有见过石头上有刻字的现象，而且人在珠峰顶上都没有拿石头的能力，因为你连自己的生命都保不住，只能靠登山向导。所以这些问题基本都发生在珠峰登山大本营以下的游客观光珠峰旅游景区内。

问：有无氧登顶珠峰的登山者吗？

扎西次仁答：有，目前为止世界上“全程无氧登顶珠峰”的最高纪录保持者是阿旺日塔夏尔巴，他曾十次无氧成功登顶珠峰。

问：在攀登珠峰的过程中，发现氧气不够，要怎么解决？

扎西次仁答：攀登珠峰时，每个团队都会有两三个备用的氧气面罩和氧气调节器，当氧气不足时用来临时作补充。

问：为什么这么多人想要登上珠峰顶？登上珠峰顶的意义在哪？

扎西次仁答：现在人民的生活水平越来越高，温饱已经不成问题，但人的精神却越来越空虚，想要寻求更高的目标。所以很多人想通过攀登，以征服高峰的方式来满足自己的精神需求。

后记
成功的定义各不相同

从成都一别后，整个 7 月，扎西都非常忙。

2019 年 7 月 12 日，西藏拉萨喜马拉雅登山向导学校建校 20 周年庆典在拉萨举行。

扎西对这所培育他的母校一直心怀尊敬与感恩，他也多次谈到学校对他的培养与付出，因此，关于这次的建校 20 周年庆典，扎西倾注了不少心血，前前后后着实忙了一阵子。

2019 年 7 月中下旬，扎西带了一个团队攀登一座海拔 6000 米的雪山。攀登，是他的宿命；向导，是他的本职。多年职业生涯积累起来的口碑，让很多攀登者慕名而来，指明让他当自己的登山向导。扎西将这份难得的信任看成是一种责任，他坦言，他与带过的队员都是生死之交。

在整个 7 月，只要一有空闲，扎西就会向我讲述他的故事。他将这些故事按时间顺序，一一向我们道来。有说不完的激情，也有无言的沉默；有攀登的艰辛，也有收获的喜悦。成功的定义有很多种，对每个人而言，也各不相同。

如果说登顶珠峰是一种成功，在十多年的职业向导生涯中，他曾经 15 次成功，4 次失败，迄今为止，他是中国登顶珠峰次数最多的纪录保持者。但对于扎西而言，在他的字典里，成功只有一种：保障客户的生命安全。从这个意义上说，他是绝对的成功者。

这些故事来源于扎西的亲身经历，来源于一个职业登山向导对高山的崇敬与感恩，来源于对攀登与生命的感悟。

在记录与创作的过程中，我时时感受到他对职业与生活的热爱，感受到他生命的绽放与精彩，感受到他攀登精神的质朴与崇高。我也希望通过文字，将这些情愫传递给读者。

这本书的文字是对扎西多年来向导与攀登经历的回望，书中的照片，除个别注明外，也全部由扎西实地拍摄。通过这些精美的现场图片，让读者更能感受到祖国河山的壮丽与攀登精神的可贵。

照例地，在后记中，我要感谢一些人。感谢本书的主人公扎西次仁先生，用他坚韧、质朴的品质与热忱、真诚的态度，促成了本书的诞生；感谢本书的出版人祁定江先生，为本书的及时、高质量出版做了大量努力；感谢考拉看看品牌创始人马玥女士、熊玥伽女士、张小军先生，你们的奋斗精神深深地感染着我。重庆云庄的伙伴戴艳、郭莹、闾洪娇亦为本书的创作做了大量辅助工作，在此一并表示感谢。

由于时间仓促，本书错误在所难免，敬请读者朋友批评指正。

从2009年出版第一部作品开始到现在，转瞬已是十一年过，感谢读者们的一路陪伴。

一如既往地，期待我们在下一个路口相遇。

李开云

2020年8月于重庆·麦地书院

致谢

在前行的道路上，我一直心存感恩之心。

在此，我想借本书出版的机会，感谢生命中那些给予过我帮助的人。

首先，我想感谢西藏登山学校的各位领导、老师和同学。西藏登山学校是培养我的母校，自成为学校的一分子以来，一直得到各界领导人士和各位同事的支持和信任。

你们的帮助和厚爱，我难以用言语形容，更多的是铭记在心。此时此刻，向你们道一声感谢，感谢登山界的所有前辈、同仁、山友和摄友一路以来的鼎力相助、支持与信任。

千里之行，积于跬步；万里之船，成于罗盘。回想起自己刚进入学校那一刻，我还只是个初出茅庐的小伙，多亏学校一路以来的帮助和各位领导平日的指点，才成就了我今天的点滴。

前不久，我们满怀喜悦地迎来了母校 21 周年校庆。作为老学员，看到母校日益蓬勃发展壮大，学校取得了骄人的成就，我感到无比自豪。回首往事，刚建校那会儿，母校的教学设备、登山装备、器具等各方面都不及现在，更谈不上专业，真是藏在深闺人未识。经过 21 年的艰苦发展，在学校领导和老师们呕心沥血的办学和锐意求进育人精神的引领下，母校在挫折中磨砺拼搏，在坎坷中自强壮大，造就了今天的辉煌。从当初寥寥数人到现在一万余名莘莘学员从这里走向世界，这所世界第二、国内第一的登山专业学校举世闻名、桃李满天下。

如今，看到母校孕育了那么多国家级和世界级运动健将，我切实感受到母校前进的脉搏，这不禁让我振奋，甚至激动得潸然泪下。母校当初的艰苦环境是我事业的起点。感谢母校，给我提供了学习的机会与成长的平台，让我更好地展现自己。

其次，我要感谢身旁的所有人，有了你们的支持，才能让我继续坚持自己攀登巅峰的梦想，谱写生命的乐章。

最后，我要感谢在我多年职业登山向导中的每一位客户，感谢我成长路上遇到的每一个生命，有了你们，才让我的生命绽放出光彩和价值。

我也要感谢本书的合作者李开云先生以及本书的编辑，有了你们，才使我的故事让更多的人知道，我也要感谢本书的每一位读者，希望有更多的人关注珠峰，关注高山向导，关注环保，关注慈善。

再次真诚地感谢母校的倾情培养和同事们的诚挚友情。愿我们的母校往后锻造更好的师资队伍，办优质教育、育优秀人才，全面发展，争创国内一流登山学校；继续弘扬爱国荣校精神，依托国家重点高水平体育后备人才基地建设，坚定不移走“精兵之路”，科学训练、精心备赛，努力在全世界取得优异成绩。腾飞吧，我的母校！

扎西德勒！

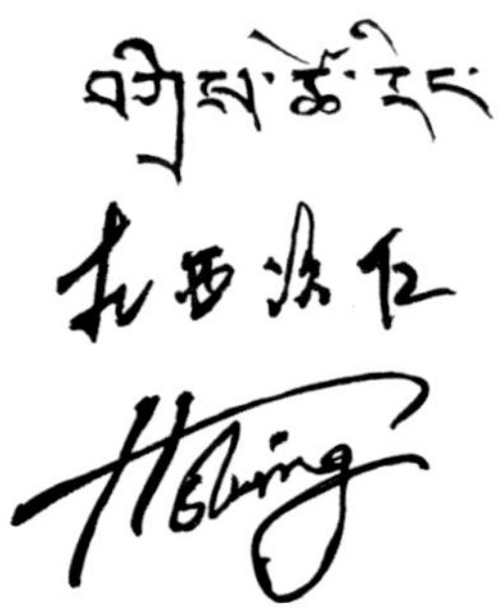